駆け抜けたエース

唐澤 隆志
Karasawa Takashi

文芸社

そう。あの夏と同じだった。
あの夏初めて聞いたセミの声は、
僕にとって、夏の終わりを告げるセミの音《ね》だった——

シニアリーグ地区予選、一回戦。〇対〇で迎えた最終回。快腕、御園達哉《みそのたつや》を擁し、優勝候補の筆頭と謳われたメッツは、二死二塁とサヨナラのピンチに見舞われていた。

「……風が、強くなってきたな」

達哉は、どんよりとした夏らしくない空を見上げ、ふと呟いた。〇
そして、投じた初球のストレート。

——ガキッ！

鈍い金属音を発した打球は、ショートの後ろにフラフラと上がっていった。『よし、打ち取った』——そう確信した瞬間、

「ワーッ」

という大歓声が起こり、ランナーが小踊りしてホームに飛び込んできた。

打球はショートの後ろにポトリと落ちたのだ。

だが、達哉は、後ろを振り向きもせずに、胸を張って堂々とマウンドから降りた。

その場に崩れ落ちて、号泣するナイン達。

監督の高原は、自らも眼を真っ赤にしながら叫んだ。

「何してる、お前ら！　御園に恥をかかすな！」

その言葉で、ナインは、達哉の後に続くようにホームに戻ってきた。

こうして、シニア野球としては異例の、一年時からエースを務め天才左腕と噂された御園達哉のシニア野球は、陽のあたる場所に出ることのないまま、数々の記録だけ残し幕を下ろした。最後の夏は、右膝の故障に苦しみながら……。

僕は、ナインに、

「最後まで明るくいこうぜ！」

と声をかけたが、ナインはベンチに戻るや否や監督に抱きつき泣き出した。その時、

ミーン、ミーン、ミーン！

今夏、初めてのセミが鳴き始めた。僕達の夏は終わりを告げた。その時に。

依然泣いているナインを尻目に、僕は応援席の大崎留奈の元へと歩み寄った。彼女は、野球好きの女の子で、口うるさい奴だが、小学三年の時からずっと一緒のクラスという腐れ縁で、僕にとっては大事な親友の一人だった。練習にも毎日のように顔を出し、ナイン達が僕と留奈の仲を羨むほど、最近綺麗になってきた、明るくて優しい女の子だ。

が、僕は、野球以外見ない野球狂だったし、留奈の事も異性として意識した事はなく、

男同士のような間柄だった。

「……留奈、ごめんな。負けちゃったよ」

急に夏らしくなった空を見ながら、帽子を目深に被り言った。

「……ご苦労様、達哉。……堂々と胸を張ってマウンドから降りてくる達哉、カッコ良かったよ」

「……俺のモットーは〝いつも明るく、カッコ良く〟だからな」

「どうして、留奈の顔を見てくれないの？　上ばっかり見て。留奈の方を見てよ！」

僕は強がっているだけだった。まっすぐ前を見ると涙が落ちそうだった。

『達哉は、涙が落ちないように上ばかり向いてるんだ。泣きたい時は泣けばいいのに……』留奈は、敏感に感じ取っていた。

その時、僕は報道陣に囲まれた。

「御園君、どこの高校に行きたいですか？」

「まだ決めてません。先の事ですから」

そう堂々と応える達哉を見て、高原はみんなに言った。

「お前ら、いつまで泣いてるんだ。一番泣きたい奴が涙を堪えているんだぞ。……だからもう泣くな」

――そして、もうナインの涙も枯れた帰り道。監督が、僕に問いかけてきた。

「御園。何でお前は打球を目で追わずに堂々とマウンドを降りてきたんだ」

「後ろを振り向きたくなかったんです。エースなら、前だけ見るのが僕の美学です」

僕はうつむいて言った。すると、監督はニヤッと笑い、

「嘘だろ。本当の事を言ってみろ」

「……サヨナラ負けの瞬間を見たくなかったんです。見たら、他のナインのように崩れ落ちそうだったから……」

「よし。その負けず嫌いはお前のいいところだ。監督として最後の言葉を贈る。エースは、試合の全ての責任を自分でとれ。たとえ一対〇で負けてもだ！　そして、物事にも打球にも絶対に振り向くな！　前を向いてろ。何があっても、跪《ひざまず》いたり崩れ落ちたりするな！　さっきみたいに堂々と胸を張って降りてこい。そして、人に優しくなれ。背番号なんか何番でも、ナインに信頼されてる奴がエースだ。お前には、その素質がある。高校に行っても、立派なエースになれよ」

監督の言ったエースの条件は、僕の〝エースの美学〟と酷似していたので十分納得でき

た。これから先、僕はずっとこの〝エースの美学〟を実践していくことになる。

そして元々プラス思考で前向きな僕は、敗戦の悔しさも忘れ、心はすでに高校野球に向かって弾んでいた。


僕の元には、ＡＬ学園、明路をはじめとする、この地区の『私学五強』と言われている強豪私立校全てから『入学して欲しい』と、スカウトがきていた。

その中から僕は、超名門のＡＬ学園への進学を決め、監督と一緒にＡＬ学園へ挨拶に行った。が、返ってきた言葉は意外なものだった。

「あの話、なかった事にしてもらえますか」

どうやら、僕が膝を故障した事が引っかかっているらしい。そのスカウトの瞳は、僕の良かった時を見ていた熱い瞳と違って、非常に冷めた瞳だった。

これが、大人の駆け引きってやつか。

僕は、『大人に裏切られた』と思い、そんな大人の瞳を嫌い、『俺は一生、少年の瞳のままでいる』と、固く心に誓った。そう、一生……。

そして、僕は、私立強豪校への進学に背を向け、私立の新設校・鳳南高への進学を決めた。自由が好きで、わがままな僕にとっては、口うるさい先輩がいないのも好都合だった。『俺の手で甲子園に出て、歴史を作ってやるぜ』と、希望に満ちあふれていた。

幸い、新設校ながら、理事長が大変な野球好きで、立派な施設も用意しているらしい。が、本来寂しがり屋な僕は、一人で高校に行くのが不安で、断られるかも知れないと思いつつ、つい留奈を誘ってしまった。

しかし、予想に反して、留奈はあっさりＯＫをくれた。それどころか、リトルリーグのチームメイトで親友の永井一馬までが、多くの強豪校からの勧誘を蹴って、僕と一緒に鳳南高に来ると言うのだ。子供の頃誓った、『一緒に甲子園に行こう』という約束を覚えていてくれたのだ。

一馬はシニアの名門、イーグルスの強打のショートとして有名で、僕の一番のライバルであり、親友だった。

そんなスラッガーの一馬と今度はチームメイトとしてプレーできる事になり、僕の胸はますます希望に膨れていった。アイツと二人なら、何とかなりそうだ。

選抜高校野球大会で、地元のＡＬ学園が優勝を果たし、初出場でこの地区屈指の進学校の城光学院もベスト四入りするという快挙で盛り上がっていた頃、僕達は真新しい高校の門をくぐった。

「立派なグラウンドね。ここで、達哉は三年間頑張るんだ」

「ああ。留奈、お前は何部に入るんだ？」

「ん？　留奈は、何も入らないの」

「何でだよ？」

「内緒っ。ね、永井君は、違うクラスだったよね」

真新しい制服を着て笑ってごまかす留奈は、高校生になり一段と綺麗に見えた。

留奈は、達哉が楽しそうに野球をやっているのをずっと見ていたかったので、クラブに入らない事にしたのだ。


翌日の始業式、初めて教室に入った。担任は歳のいった女の教師で、始業式そうそうネチネチと嫌味を言う。

それから、次々と各教科の教師が来たが、全員〝大人の瞳〟をしていた。僕の嫌いな。

主将を務めていたせいか人間観察に自信のあった僕は、一週間もすると教師達の性格が分かってきた。大半は、チャイムが鳴ると授業の途中でも、さっさと切り上げて帰ったり、生徒の相談に対しても『そんなの、人生相談屋にしてもらえ』等と言ったりする、教師ではなく、ただの〝教え屋〟だった。

そう、彼らは、私立校特有の金で雇われただけの、人間の心を持たない人間だった。僕の嫌いな、大人の瞳をした……。そして、畜生の匂いがするこの学校の教師が早くも嫌いになってきていた。

やはり、留奈も一馬も同じ事を思っていた。

『しかし、俺は野球をやりに来たんだ』


四月の中旬。やっとクラブの開始日がきた。

僕と一馬は、胸を弾ませグラウンドに入った。新設という事もあり、ナインにあまり期待はしていなかったが、やはり素人っぽい奴が多かった。

やはりシニアの有名選手達は、ＡＬや明路、隆徳大付、桐陵、泉里という強豪校に流れていったのだ。

そんな中、ひ弱そうな連中とは違うたくましい二人組が、もうキャッチボールを始めていた。

『しかし、いったいどんな監督なんだろう』と考えていると、横から一馬が、

「高原監督みたいな人だといいな」

と僕の考えを見透かしたように言った。一馬も、敵ながら高原監督をいい監督だと思っていたらしい。

グラウンドに野球部のジャンパーを着た男が二人現れた。

「野球部の者、全員集合」

眼鏡をかけた方の男がそう言うと、みんなゾロゾロと集まった。その男が、帽子を上げると顔がハッキリ見えた。……僕が、陰湿で一番嫌いな化学の近藤だった。

「ちっ、ついてないぜ。第一こいつに野球が分かるのか?」そう疑うほど、近藤は野球部監督に似つかわしくなく、色白でひ弱で、化学の実験服がよく似合う男だった。教師の中でも、一番嫌味で畜生の匂いのする男だ。

もう一人は、コーチらしい。気は弱そうだが、人は悪くなさそうな……確か、地理の本田という教師だ。

近藤は、僕らを冷たい瞳でグルッと見回してから、口を開いた。

「僕が、監督をやる事になった近藤です。一応、よろしくと言っとくかな……」

抑揚のない、砂漠のような乾いた声でそう言った。ヤル気も覇気も全くない。冷酷な眼をしている。続いて、

「コーチをする本田です。よろしく」

この男は、妙にオドオドしている。一馬と眼で話した。『先行き不安だな……』しかし、自分の主義の野球を貫こうと心に決めた。

続いて、部員の自己紹介が始まった。やはり、そのほとんどが、中学時代補欠と言う者だった。その中、たくましく見える二人の番がきた。

「小沢です。明路に特待で入ったけど、監督とモメてここに来ました。みんなより、ひとつ年上だけど敬語なんて使うなよ」

明路に、特待で入ったのか。どうりで……。

「松木です。僕も、小沢と同じです。体を壊して明路を辞めました。投手です。よろしく」

すると、近藤が嫌味な笑いを浮かべて言った。

「二人とも、野球部の落伍者ですか……。まあ、いいでしょう」

小沢はムッとしていたが、黙っていた。

紹介は続いた。

「永井一馬です。イーグルスにいました。ショートです。よろしく」

イーグルス、そして有名人だった一馬の名を聞いて、ナインはどよめいた。が、近藤は、凍りつくような冷たい眼で一馬を見ていた。——次は、僕の番だった。

「御園達哉です。メッツにいました。投手です。みんなと一緒に甲子園を目指して、頑張りたいと思います」

言うと同時に、近藤が大笑いしだした。

「アハハハ……。甲子園だって？　笑わせないでくださいよ。こんな連中に無理に決まってるでしょ。アハハハ」

僕も、強豪校ひしめくこの地区での甲子園出場は難しいと分かっていた。が、最初から諦めていては何もできない。それにこの野球部には、立派な施設と、僕と一馬がいる。それなのに……。僕は、近藤の態度が許せなかった。

「最初から諦めてたら、何もできないでしょう。一パーセントの可能性でも俺は賭けてみる！」

「無理な事は、最初から諦める方が利口ですよ。第一僕は、野球が好きじゃないし、甲子園なんて興味ありません」

「監督のアンタがそんなだったら、行けるものも行けなくなっちまうぜ！……野球が嫌いなら、何で監督を引き受けたんだ」

一馬を除く他の連中は、僕の事をよく知らないので、叫ぶ僕の姿に驚き、戸惑っていた。

「クラブの顧問をすると、別に給料がもらえるんです。それに、野球部監督だと、女子にもモテそうだし……。僕のやり方が気に食わないのなら、どうぞ止めてください」

そう言い残し、監督とコーチはすぐに、グラウンドを後にした。


「相変わらず威勢がいいな。メッツの〝自称・天才投手〟御園だろ」

小沢がニヤッと笑い、話しかけてきた。

「俺は、お前を追ってこの高校に来たのさ。お前となら甲子園に行けそうだからな……。まあ、俺は不良だけど、よろしくな」

自分で不良だと言っているが、その眼は野球に輝いている。

「こっちこそ。小沢……さん」

「小沢でいいぜ。同じ学年なんだから。俺とお前と永井。三人いれば、甲子園だって夢じゃないぜ」

するを、他のナインも寄ってきて口々につぶやいた。

「御園って、あの御園か？」

僕も少しは有名らしい。

「そうだ。その御園だよ」

「そうか！　よーし、俺ら下手だけど、一生懸命練習するから、一緒に甲子園に行こうぜ」

近藤と違って、ナイン達は野球が大好きなようだった。

「甲子園にも行きたいけど『答より大事な事は、勇気を出して自分を試す事だ』ってな。結果よりも過程を大事にしようぜ。悔いのないようにな」

こうして、僕の高校野球生活がスタートした。監督がどうであれ、僕は僕の野球をやり通し、一馬と一緒に甲子園を目指すだけだ。やる気のあるナインもいる。が、このチームには、良い指導者が必要だった。

達哉は、早くもナインの心を掴んでいた。シニアの時から、不思議な男と言われ、ナインに及ぼす影響の大きかった男、達哉。

だが、それが後々近藤に嫌われる原因となった。近藤は、野球エリートの達哉、一馬、小沢を徹底的に嫌い、そして陰湿に嫌がらせを繰り返した。

「達哉、野球部の監督、化学の近藤先生だって？　あの先生、嫌らしい目で留奈の事見るのよ。嫌になっちゃう」

翌朝、登校途中に早速留奈が聞いてきた。

「ああ。昨日、自己紹介の時、ケンカしちまったよ」

「またあ。もうちょっと大人になって、冷静にならなくちゃ駄目よ」

「いいだろ。俺は一生少年のままでいるのさ。近藤達みたいな畜生の匂いのする大人よりよっぽどマシだろ？」

「そうね。達哉の言う通り！　でも、野球やめちゃ駄目よ」

「やめねえよ。一馬と一緒に甲子園行くって約束したからな」

「甲子園……か。難しそうね……」

「やってみなくちゃ分かんねえだろ。結果はその後だよ」

留奈は、高校生になってもちっとも変わらない達哉のことを、内心喜んでいた。そして思い出したように、ポケットから玩具のペンダントを取り出した。

「これ。昔、夏祭りで買ったやつだよ。覚えてる?」

「それは……ひょっとして、幸運を呼ぶペンダント? 確か同じ形の赤の石と青の石で、二人でしめたら効果倍増って、あれか?」

「そう! よく覚えてたね」

「そんなの、まだ持ってたのかよ。百円だぜ、百円。効果なんかないって」

「達哉が初めて買ってくれた物だもん。いつかしようと思ってね。……きっと、いい事があるって。はい、青い方」

ニッコリ微笑んで、古ぼけたペンダントを渡す留奈の手から、青い石のペンダントを受け取った。

『こんな玩具なのに、まだ持っていたなんて……』そう思うと、何となく嬉しいような、心が温まるような気がして、思わず、

「サンキュー」

と、言ってしまった。

「え? 何が?」

「ん？　何でもねえよ」

僕はやはり素直じゃなかった。


その日の練習。近藤が無気力な表情で遅れて来たが、誰一人として頭を下げない。いや、二人ほど帽子を取り、頭を下げた。松木と、山本と言う近藤に似て色白の奴だ。

が、近藤は無表情のまま黙ってベンチに座り、練習の指示さえしなかった。

すると、本田が慌てたように言った。

「みんな、中学で守っていたところに行ってくれるかな」

一馬は、先頭を切ってショートの位置に行き、僕は、さっさとブルペンへと向かった。続いて、松木ともう一人投手出身の奴が、ブルペンに来た。

そして、捕手の小沢が続いて来た。

「御園。お前の球、受けさせてもらうぞ」

そう言って、一緒に明路から来た松木ではなく、僕の球を受け出した。

ふと、守備を見ると一馬以外はボロボロだった。一方、松木は太っているせいか球は遅いが、コントロールは良く重そうな球を投げていた。

僕は、数球投げた後、力を入れ本気で投げ出した。シニア時代、捕れる者が一人しかいなかった本気の快速球を、小沢が捕れるかどうか見極めるために。

——ビシューン！

——バシィッ！

何と、小沢は難なく捕った。やはり、小沢の実力は本物だった。僕は、全力の快速球を投げられた嬉しさと、それを捕ってくれる捕手がこの新興チームにいる事を心強く思った。気がつくとノックを受けていたナインも、松木も、呆然とこちらを見ていた。近藤は、頬をピクリとさせ、眼鏡をクイッと上に上げ、不機嫌そうな表情をしていた。

僕は、どんどん快速球を投げ続けた。久し振りに周りが見えないほど、熱くなっていた。膝の痛みも消え、指離れの感触も最高だ。コントロールは、相変わらず悪かったが。

『こんな、自分らしい球が投げられるのはいつ以来だろう……。このペンダントのおかげかな』そう思い、留奈がくれたペンダントに感謝した。と、同時にもちろん、留奈にも。

「御園、ナイス・ボール！　こんな球受けたのは初めてだぜ！」

小沢が興奮した口調で言った。すると、さきほどから冷たい眼差しで見ていた近藤が言った。

「御園。もういいです。そんなコントロールの悪い汚いピッチングは見たくありません。松木の方がいい球投げてます。さあ、小沢、松木の球を受けてください」

言いたい事はあった。だが、近藤には何も言わずに、ブルペンを黙って去り、ノックの輪の中に入った。近藤には、反抗どころか口もききたくなかったから。

そんな時、留奈が練習を観にグラウンドにやってきた。

そして留奈は、外野で早くもナインと打ち解けて、楽しそうに喋っている達哉を見つけた。

「アイツは、どこででも、どんな状況でもすぐに、自分の居場所を見つける男だよ。本当に不思議な奴さ」

不意に、一馬が留奈に話しかけた。が、近藤は、そんな一馬に注意する訳でもなく、ただ冷たい視線を送っていた。

日が暮れかかり、四月のまだ冷たい風が吹き出した頃、練習は終わった。

その時、近藤が一馬を呼び止めた。

「永井。君は、練習中に女の子とチャラチャラしてましたね。僕、ずっと見てましたよ……。罰として、今からグラウンドを三十周ほどしてください」

僕は、近藤を相手にしないでおこうと思っていたが、つい頭にきてしまった。

「ちょっと待てよ。見てるんだったら、なぜその場で注意しない！　後でそんな事させるのは陰険じゃねえか！　監督なら、その場で注意しろよ！」

近藤は、溜め息交じりに微笑しながら、呟くように言った。

「僕のやり方はこうです。皆さん覚えといてください。……後で、罰を加えられた方がこたえるでしょう。それと、御園。君、少し生意気ですよ。君の事、調べさせてもらいました。君は、メッツの〝壊れたエース〟でしょ。僕は真面目で計算の立つ松木を信用しています。エース面されては困りますねえ」

昔の僕なら、『何を』と、すぐに反抗しただろう。でも少し大人になったのか、今日の投球で自信が湧いてきたのか、近藤の挑発に乗らずにニヤッと笑ってみせた。

壊れたエースかどうか、これから見せてやるぜ！　俺は、生涯エースだ！

自分の思惑とは違い、怒りもせず微笑む達哉に、近藤は背筋が寒くなる思いを感じていた。『何だあの眼。まるで、獲物に飢えた狼みたいだ……』

近藤は、達哉の態度に怯え、逃げるようにグラウンドを後にした。……僕も、一馬に付き合いたかったが、まだ膝が本調子でなかったので諦め、一馬もまた、

「御園、先に帰ってくれよ」

と言ってくれた。


留奈と一緒に、帰路についた。電車の中で留奈は、申し訳なさそうに言った。

「留奈が話しかけたから……。悪い事しちゃった」

「気にするな。一馬は、あれぐらいで挫ける男じゃねえよ。アイツは努力家だしな」

僕は、精一杯の慰めを言った。

「達哉は、努力するの好きじゃないの？」

留奈が突然、明るく灯る街の灯を眺めながら聞いてきた。

「あんまり好きじゃねえな。人それぞれタイプってものがあるだろ。俺は天才型で、一馬は努力型だな」

「自分で〝天才〟なんて言うの、達哉くらいね。ひょっとして、ナルシストなんじゃないの？」

「何言ってんだよ。知らなかったのかよ。俺はナルシストだぜ。じゃあ、留奈は自分自身の事、好きじゃねえのか？」

「え?……分かんない」

「ふーん。俺は、俺自身が好きだぜ。だって、自分って人間は世界に一人だけだろ。自分で自分を好きにならなきゃ、自分がかわいそうじゃねえか」

近藤に、あんな事を言われたのに、こんなに明るく言い放つ達哉に、留奈は改めて感心し、その前向きな姿勢に感動すら覚えた。

「そうね。いい事言うじゃない。一人前に」

「まあ、薄っぺらな台詞だけどな」

「ところで、どうして怒らなかったの? 近藤に」

「近藤は、野球人じゃないし、言っても無駄だと思ったんだよ。……分かるんだ。眼を見れば」

達哉の眼は正しかった。近藤は、いつまでたっても自分でバットを握る事も、指導する事もなかった。近藤は野球人ではなかったのだ。とにかく、おとなしく真面目な奴が好きで、生意気な奴が嫌いなのは、間違いなかった。

その夜。僕は不思議な夢を見た。

『Ｈｏｎａｎ』のユニホームを着て、素晴らしい快速球を投げている。あれは俺か? 一四〇キロ台の速球を投げ、プロのスカウトが注目している。——見事、最後の打者を三振に取りガッツポーズをしているのは、紛れもなく俺だ。

「ココハドコダ。コノヒトタチハ、ダレダ」

気がつくと、今度は、俺はプロ野球一の人気球団で、大ファンの『エンゼルス』の一員になっていた。嘘だ……。膝は？　留奈が現れた。天使のようだ……。天使の留奈は言った。

「その輝いてる瞳、忘れないでいてね。決して逃げないで、攻め続けてね」

？・？

「留奈、どういう意味なんだ。なぜ俺が、エンゼルスにいるんだ？　留奈!!」

ジリリリーン！

時計の音と共に目が覚めた。……あの夢は？

カーテンを開け、朝陽を見た。

「俺が、天才なんて言ったから？……留奈、俺は逃げないぜ。絶対にな」

僕は、単なる夢だと気にも留めなかった。

「留奈。昨日、どんな夢見た？」

「あ！　聞いてよ。達哉がね、エンゼルスに入団してるのよ。ビックリしちゃった」

偶然か。同じ夢を見てたわけだ。

「達哉が、天才なんて言うからよ！　でも、ちょっと悲しかったな。だって達哉、東京に行っちゃうんだもん」

そう呟いた留奈の顔は、憂いを秘めていて、とても綺麗に見えた。近くにいすぎて分からなかったが、澄んだ大きな瞳、真っ白い肌、小高い鼻、気品のある横顔……。確かに、クラスの奴が騒ぐほど、留奈は綺麗になっていた。この時初めて、単なる親友ではない留奈を感じたような気がしていた。

その日の練習も、近藤はただベンチに座っているだけだった。ナインが少しでも上手くなろうと懸命に練習しているのに。

そして、そんなある日。近藤が、ナインを部室に集め、

「主将を決める」

と言った。

すかさず、一馬が挙手し、意見を出した。

「はい。僕は御園がいいと思います。こいつは、責任を与えた方がいい奴です」

しかし、僕はそんな責任のある役はやりたくなかった。エースにだけ集中していたかったから。しかし、他のナインも、

「御園なら賛成です」

と、口々に言った。

すると、近藤の顔は見る見る青くなり、ついに怒鳴った。

「静かに！　皆さんの意見は聞いてません。主将はもう決めてあります。……山本が主将です」

山本と聞いて、ナインは絶句した。山本は、野球をするようなタイプではなく、その上、近藤にゴマをすり、ナインからは〝監督の犬〟と言われ、決して評判は良くなかったのだ。

無論ナインは反発した。が、

「野球部の規則は僕です」

この近藤の一言で、ナインは黙った。近藤は、自分の意のままに野球部を操るつもりなのだ。

と、小沢が、

「なら、副主将は御園にしてください」

と、元不良だけあって凄みながら言った。

近藤は、明らかにビビり、

「じ、じゃあ、副主将は御園という事でいいでしょう。そのかわり！　命令権は、僕と本田と山本ですよ。その辺、理解願いますよ」

近藤のクソ丁寧な物の言い方には、いつもイラだたせられる。が、気弱な山本は、ナインに命令する事もなく、忠実に近藤に仕えている感じだった。


野球部の中がモヤモヤし、五月の風を受け始めた頃。何と、あの名門、明路から練習試合の申し込みがきた。あの名門の方から……。奇跡に近かった。が、それには伏線があった。明路の目的は、新設の鳳南との練習試合なんかではなく、明路の推薦を蹴った一馬と小沢を這い上がれないほど、叩き潰す事だった。

到底、ウチに勝算はなかった。が、どこまで通用するか試すには、絶好の相手だ。

ナイン達は〝恥をかかぬように〟と、練習に励んだ。そして試合に備え、背番号の発表があった。

「えー、まず背番号『1』、松木」

ナイン達は「何で」と、近藤に詰め寄った。

「どう見たって御園の方が上じゃねえか！」

小沢がそう凄むと、近藤は相変わらず抑揚のない口調で言った。

「松木の方がコントロールがいいし、変化球も多彩です。僕の計算では、松木の方が恥をかかずにすみます」

「野球は、化学式じゃないんだぜ……」

と、僕は思わず口を出してしまった。

「フフフ。心配しなくても、君には『11』をあげますよ。控え投手のね」

怒ろうとする小沢やナインを止めて、僕は言った。

「みんな落ち着けよ。俺は、背番号なんか何番でもいいぜ。背番号より、ナインに信用されてる奴がエースだろ」

近藤は、僕のその台詞を聞いて、頬をピクピク動かし、

「まるで、自分の方が松木より上だ、という言い方ですね。君より松木の方が、安定感で

はずっと上ですよ」

「そして、あんたに反発しないところもね。……俺は、あんたに気に入られようとは思わない。俺のピッチングの長所は、粗削りなところだ。学生なんだから、それでいいんだ」

どんな時も冷静で感情のない近藤も、やり込められた悔しさからか、僕を無視し背番号の発表を続けた。……冷たい瞳で。

こうして、僕はエース番号から外れた。しかし、ナインの心の中のエースは『御園達哉』だった。

一馬と留奈。三人で帰った車中で、一馬が言った。

「御園。相変わらず〝燃える男〟だな。やめさせられたらどうするんだよ」

「俺は、意地でもやめねえよ」

「……お前がやめたら、俺もやめるからな。覚えといてくれよ。でも、お前もお前だぜ。ほとんど、走り込みしねえじゃねえか。松さんは、よく走ってるだろ」

僕は一馬に、余計な気を使わせたくなかったので、膝の事は言わないでいた。知ってるのはメッツ時代の友達と留奈だけだ。

怪訝そうな一馬に向かって、僕は言った。

「俺は天才だから、あんなに走らなくても、大丈夫なんだよ」

「……天才かもな。走らなくて、あれだけの速球を投げるんだからな。でも、自信はいいが過信は禁物だぜ」

いかにも、真面目な一馬らしい台詞だ。留奈も「そうよ」と言って、僕の頭を叩く。そんな僕達を見て、一馬は微笑んでいた。

明路が何のために、試合を申し込んできたか。そして、早くも高校野球の洗礼と試練を与えられる事を知る由もなく。


五月二日。ついに、明路とのダブルヘッダーの練習試合の日がきた。記念すべき、鳳南高野球部の初試合だ。

試合は午前中から行なわれ、昼食を挟んでのもう一試合。七回までの変則ダブルヘッダーだった。名門の明路が来る事もあり、ウチのグラウンドには、大勢の生徒と観客、理事長までが姿を見せた。

専用バスでやって来た明路ナインは、さすがに強豪らしく威風堂々としており、ウチとは体格なども雲泥の差だった。

試合が始まる前、明路の森監督がウチのベンチにやって来た。スラッガー、一馬を取り逃がした悔しさからか、散々嫌味を言い、最後に冷笑を浮かべ、

「今日の試合で、野球の恐ろしさを教えてあげるよ」

そう言った森監督の眼は、やはり濁り切った大人の瞳をしており、言いようのない殺気を感じた。

が、僕の前を通りすぎる時はニッコリ笑い、僕が〝メッツの御園〟とは気づいてないようだった。僕は、自軍の選手が嫌味を言われてるのに、ニコニコして森監督に愛想を振りまく近藤が許せないでいた。試合は、先発・松木、捕手・小沢、四番・一馬で始まった。僕はベンチの中にいた。そして、主将の山本も。留奈は、つまらなさそうな顔をして見学していた。

一方、明路は新設のウチに対し、レギュラーを揃えていた。投手の山城、大型内野手の作井というプロ注目の選手も出場していたので、ウチのグラウンドにはプロのスカウト数人が陣取っていた。

もちろん、ウチの歯が立つような相手ではなかった。僕は高校野球の恐ろしさを知った。松木はコントロールはいいが、それがかえって打ちごろの球となり、アウトひとつ取るの

がやっとだった。アウトになるのも、偶然野手の正面に飛んだ時のみ。

三回を終えて、十三対〇となり、観客からブーイングが飛ぶ。近藤は、「小沢のリードが悪い」と、小沢をベンチに引っ込めた。

打撃も、好投手・山城に手も足も出ず、特に一馬は、徹底的にマークされていた。……と言うより、一馬に対する仕打ちは酷く、ビーンボールが数球来た上、守備でも、一馬は足をスパイクされ、血を滲ませながらプレーを続けていた。

試合前、森監督が「野球の恐ろしさを教えてあげるよ」と言ったのを思い出した。が、やり方が酷すぎる。――僕の怒りは、爆発寸前だった。

一馬は、足の痛みと、初めて経験するプロ級の投手の前に三振を繰り返し、スラッガーの面影はなく早くも壁にぶち当たった。もう野球ではなかった。観客は溜め息をつき、留奈はムッとして、理事長は呆れ果てた顔をしていた。が、近藤はそ知らぬ顔をしていた。

そんな時、小沢がミットを手に取り、

「御園、受けるぜ。……ちょっと投げろよ」

僕はイライラしていたので、投げて気を紛らわせたかった。ブルペンに走り、怒りをこめた快速球を投げた。投げさせて欲しい訳ではない。ただ、勝手に魂が反応したのだ。

その快速球に、森監督はこちらを指さし何か言っており、理事長はビックリしたように目をむき、近藤は頬をピクッとさせていた……らしい。僕の眼には、小沢のミット以外何も見えなかったのだ。

そして、二十対〇となったところで、理事長がベンチに向かい、近藤に何かを告げていた。どうやら、僕の登板を促しているらしい。が、近藤は口先だけで上手く理事長を言いくるめた。そして、近藤はブルペンの僕と眼をあわせ、ニヤッと笑った。

『何のつもりだ……』

――最終回。二十二対〇とリードしている明路が、一死満塁というチャンスを迎えた。

すると、近藤がブルペンに来て、薄笑いを浮かべながら、

「御園、交代です。マウンドに行きなさい」

と、告げた。さっきの近藤の笑みの訳が分かった。僕を敗戦処理に使い、しかも大ピンチで恥をかかせるつもりなのだ。僕の怒りは頂点に達した。

「嫌ですね……。俺は、ずっとエースだった。こんな試合の敗戦処理なんかしてたまるか！　俺のプライドを甘く見るな！」

そう怒鳴ってブルペンを後にした。

冷静になり、ふと理事長の方を見、僕と眼があうと、腕組みをし、うん、うんと満足げな顔でうなずいていた。そして、近藤が松木の元に行ってる時、本田が僕の方にソロッと来て、

「御園、お前の悪いようにはさせないからな」

と、言って笑顔を見せた。

――結局試合は、二十八対〇と言う大差で敗れた。第一試合終了後、森監督がベンチに来た。

「近藤君、これじゃ練習試合の意味がありませんな。練習試合とは、双方が練習になるためにやるものですよ。これで終わりにしましょうか」

近藤は、しきりに理事長の顔色をうかがっていた。と、その時、森監督は、わざとらしく手をポンと叩き、

「そうだ。ブルペンで投げてた左の子。あの子を先発させてくれたら、もう一試合しようじゃないか。ウチは、左に弱いし、速い球投げてたからね。どうかね？」

「でも、アイツはコントロールが悪いんで……。当てたりでもしたら」

「松木よりよっぽどましだ！　君は、野球を見る目がないのかね！」

森監督がそう怒鳴ると、近藤は青くなり、小さな声で言った。

「はい。分かりました。御園を使います」

「そうか。じゃあ、小沢と組ませてな」

嬉しそうにそう言って、僕の元へ近寄り肩をポンと叩いた。

「君、頑張れよ。いい勉強になるよ」

森監督は、何か魂胆がありそうな眼をしていた。

明路は、最初の目的、一馬を潰す事に成功した。次のターゲットは、小沢と、そして苦手の左で快速球を投げる達哉の自信を喪失させる事だった。さすがと言うべきか、森監督は強《したた》かだった。それだけ達哉はすでに明路に警戒され始めていたのだ。

中休みの間。僕達が食事をとっていると、留奈が僕の隣に座った。彼女は憤慨していた。

「明路って、永井君に恨みでもあるのかしら。酷い野球するよね」

「推薦を蹴ったからじゃねえか。確かに恨みを感じたな。野球に恨みとか入れたらいけねえんだけどな。あんなの野球じゃねえよ」

達哉の眼が、ブルペンにいる時と同じになっている事に、留奈は気づいた。

「あ、そう言えば、理事長が、達哉が怒った時、『あの子何て言う子?』って聞いてきたのよ」

「ゲ、理事長が……。『生意気な奴だ』って、思ったんじゃねえか？」

「違うと思うよ。『御園達哉です』って言ったら『いい眼してるな、あの子』って。理事長、達哉の事気に入ったんじゃない？」

「まさか？　俺は、大人には嫌われるぜ」

「でも、次の試合楽しみだって言ってたよ」

「楽しみ……ね。ま、やれるだけやってみるよ。俺達はまだ一年だ。まだまだ先はあるからな」


　第二試合が始まった。僕は、これから先三年間立つであろう、高校生活初めてのマウンドに上がった。やはり、ここに立つと一番落ち着く。マウンドは、いつも僕の独壇場で聖地だった。

　高校野球の記念すべき一球目は、ストレートでと決めていた。が……。

　――カッキーン！

　ストライクをとりにいった甘いストレートは、ものの見事にレフト前に弾かれた。強豪、明路の力を改めて思い知った。

どんな時でも全力で投げないと高校では通用しないな。ひとつの教訓となった。

そして、その打球と明路ベンチのヤジが僕を奮い立たせ、次打者に投げた快速球は、両軍ベンチが目を見張るものになった。

しかし、大ボールとなった。……その時、森監督がベンチから、

「御園君、コントロールが利かない時はカーブを投げるんだよ」

と、アドバイスを送ってきた。

森監督は、まだ僕の事に気づいてないらしい。自分がスカウトしたくせに。やはり、大人の瞳でシニア時代の僕を見ていたのだ。

その証拠に、ベンチ内でナインに「素人の曲がらないカーブを狙え」と、指示していた。

だが、次の球で森監督は仰天した。達哉が投げたカーブは、縦に大きく落ちるように曲がり、ストライクになったのだ。

『まさか……。アイツは、硬球を握った事があるのか?』そう疑いたくなるほど、素晴らしいカーブだった。当然だ。達哉は、中二の時からマスターしていたのだから。

その後、三球続けてカーブを投げ三振を取ると、森監督は、

「ナイス・カーブ」

と拍手をしていたが、眼は笑っていなかった。

僕は、長年エースをやっているせいか、打者が何を狙っているか、大体の検討はついた。

が、ストレート勝負に拘って、相手が変化球を待っている時はストレート、ストレートを狙っている時もストレートを投げ空振りさせるのが、僕の美学だった。

しかし、この回はそんな拘りを捨てカーブを多投し、明路のスコアボードに初めて○の文字を入れた。

そして、二回。先頭打者に投げた久し振りのストレートは、両軍ベンチ、観客、プロのスカウトもシーンとなるくらいのスピードが出た。

もう、森監督はアドバイスをくれない。それどころか、僕を睨みつけている。本来、こうでなければ。相手に嫌われる投手じゃなければならない。

四回の攻撃を終えると、森監督も薄々感づき出し、

「アイツ……どこかで見たような？」

と、呟き考えていた。すると、メッツの同僚だった吉沢が言った。

「……メッツのエース、御園達哉です」

「何！　あの〝天才・御園達哉〟か？　だが、アイツは三年の時、各強豪校が見限るほど膝が悪くなっていたはずだが……」

「それが、アイツの天才と言われる所以です。底の知れない不思議な男です」

森監督は、いまさらながらアドバイスした事を悔やみ、また何食わぬ顔をして聞いた達哉に憤りを覚え、どんな手を使っても勝つ気になっていた。

五回のマウンドに上がると、明路ベンチが、異常に殺気だっているように見えた。練習試合でも、新設校に負けるのは名門校の名が許さないのだろう。そう察した通り、ベンチを温めていた強打者、作井が代打に出てきた。

小沢が、マウンドに上がってきた。

「御園。どうだ。やっぱストレート勝負か？」

「そうだよ」

「相手はプロも認める作井だぜ。『答より大事な事は、勇気を出して自分を試す事だ』か？」

そう言って、小沢は真っ赤に腫れ上がった手を見せた。

「お前の球はスピード違反だぜ」

と、言いながら。

全球ストレート。そう決めた。結果はどうでもいい。しかし、負けるつもりはなかった。

ふと見ると、留奈が心配そうな顔をしている。『そんな顔するな。留奈。俺は〝自称・天才投手〟だぜ』――。

さすがに、作井は凄い迫力だ。僕のベストのストレートを二球悠然と見送った。『勝負は、一球で充分だ』そう言っているようだった。

僕は、作井に対し大胆不敵にも、ストレートの握りをした手を差し出した。作井は、『一年のくせになんて眼してるんだ。恐ろしい眼だぜ』と気持ちで押されていた。

留奈は不思議と『三振に取る』と、確信していた。

「達哉は、きっと勝つ……」

ポツリと呟き、横に座っていた理事長が「え？」と聞いたのも聞こえないくらい、達哉と同じ、眼に見えない世界に入り込んでいた。

一馬は、達哉の背中からオーラが出ているのが分かり驚いた。『凄い気迫だ……』そう思いながら、

「御園！」

と、声をかけるや否や、達哉は振りかぶった。

『御園の奴、俺の声が聞こえてない……』一馬は、唖然としていた。

そして、三球目が投じられた。予告通りのストレートが、ド真ん中に……恐ろしいほどの快速球。作井のバットは、小沢のミットに球が入ってから振られ、膝をつく惨めな三振だった。グラウンド全体がシーンとなり、その後津波のような大歓声が起きた。

興奮状態の観衆の中で、冷静な眼の人達がいた。プロのスカウトだ。いや、驚き信じられないでいた。作井を三振に取ったからではない。――何と、達哉の今の球は、一年だというのに、一四六キロのスピードを弾き出していたのだ。

それだけではなく、スカウト達にはお目当ての山城や作井よりも〝御園達哉〟が、強く光り輝いて見えていた。

作井はゆっくり立ち上がると、僕の方を見て微笑み、軽く頭を下げた。かなわない者には、年下でも認める人間の大きさ。さすがにプロが注目する男っぽい選手だった。

その時、大きな拍手が聞こえた。『どうせ留奈だろ』そう思って見ると……何と理事長が、満面の笑みで拍手をしてくれていた。

次の回も三者凡退に退けると、森監督がウチのベンチにやって来た。

「おたくの御園君、なかなかやりますな。さすがにシニア出身ですな」

そして、森監督は、「この試合は九回までやろう」と言ってきた。一対〇で後一イニング。どうしても負けたくなかったのだろう。

が、

「僕は七回で降りますから」

と告げた。すると、森監督は、

「勝ちたいから逃げるのかね」

と、明らかに怒った表情で言った。

「逃げる」……僕が、一番嫌いな言葉だ。

「ただの練習試合だから、勝敗には拘ってませんよ。ウチは名門じゃないですし。名門のメンツより予定通り七回で終わった方が、勝っても負けても潔いと思いますけどね。僕は、七回まで〝強豪、明路打線〟を抑えた事を自信にします」

森監督は、何も言わず自軍のベンチに戻って行った。

「御園、あの監督を言い負かすなんて、大した奴だぜ」

小沢が興奮した口調で言う。

「でも、間違った事は言ってねえだろ？」

「白黒じゃありません！　大人の社会のルールというものがあるんです！」

近藤が横から、珍しく怒鳴った。

「残念ながら、俺らはまだ少年なんでね。そんなルールは知りませんね。それと、灰色は嫌いですから。あ、チェンジですね。さあ完封してくるか……」

ストラーイク！　バッターアウト！

試合は、明路相手に新設のウチが一対〇で初勝利を収めた。

結局、達哉の高校デビュー戦は、明路相手に初回の一安打に抑え、十四奪三振の快投で、プロのスカウト及び明路を偵察に来た各強豪校の偵察部隊の眼をも引きつけた。

御園達哉はこうして、鮮やかにデビューを飾り、再び『エースの道』を歩み出した。そして、強く光り輝きながら、早くも陽のあたる場所へと飛び出していった。天才の異名にふさわしく順風満帆に高校生活をスタートさせた……ように見えた。

そして、達哉の快投に各強豪校は、ほぞを噛む思いをし、警戒の色を強め、この後たかが新設校に強豪校からの練習試合申し込みが殺到した。

そうこうしていると、理事長が喜色満面で僕に握手を求めてきた。

「ビックリしたよ。御園君。素晴らしい投球じゃないか！」

「どうも。自分でも少し驚いてます」

「少し……か。近藤君。こんな凄い投手が『11』じゃ相手に失礼じゃないか。御園君に『1』をあげたまえよ」

近藤はバツの悪そうな顔をし、

「……分かりました。理事長がおっしゃるなら、御園に『1』をつけさせます」

すると、松木が近寄ってきて、

「理事長の言う通りさ。お前がいるのに、俺が『1』をつけてると重たいよ」

と、微笑んで言ってくれた。松木は、小沢の言う通りクソ真面目なだけで良い人間だった。その証拠に年下のナインに慕われていた。

そんな光景を笑顔で見ていた理事長は、思い出したように、聞いてきた。

「あ、御園君。私の隣で熱心に応援していた女の子、君の彼女かね？」

『理事長の隣？　留奈だな』と、僕は分かり、

「いいえ。彼女は〝親友〟です」

と、いつものように答えた。

帰りの車中。留奈は、嬉しそうに色々と喋ってきた。「甲子園も夢じゃない」だとか「プロみたい」だとか……。そして、留奈はとびっきりの笑顔で言った。

「甲子園は、達哉の夢だもんねえ」

「甲子園もそうだけど、俺の夢は、エンゼルスに入団する事だぜ」

僕が自信満々に言うと、留奈は驚いて言った。

「エンゼルスに？　達哉、自惚れてるー」

「バーカ。夢は、とびっきりでかい方がいいんだよ」

そう言った達哉の瞳は、キラキラと輝いていた。マウンド上と同じように……。

「……その輝いてる瞳、忘れないでいてね」

「……夢の中と同じ事、言いやがる」

「え？」

留奈が不思議そうに、小首を傾げながら聞いてくる。

「何でもねえよ」

その頃、小沢は考え込んでいた。『御園の奴、どことなく膝をかばっていたような……今日は七回だったから良かったけど、果たして九回まで持つんだろうか？』が、小沢のそんな心配は簡単に吹き飛んだ。

翌々日の今度の試合は普通の公立校相手の練習試合。達哉の快速球はまたもや冴え渡り、小沢の心配をよそに八回までノーヒットに抑えていた。この日はストレートしか投げてないのに。

小沢は『御園に悟られないように』と、やたらと気を使い緊張し、黙り込んでいた。すると、一馬が横に座った。

「小沢。そんなに気を使わなくてもいいぜ。アイツは、完全試合なんか数え切れないほどしてるから緊張なんかしてないし……。逆に狙ってると思うぜ」

『まさか』と、小沢は思った。いくら普通の公立相手とは言え、相手は三年間練習してきているのだ。それをたかが一年が、簡単に記録を作るとは想像もできなかった。

が、九回も達哉の快速球は衰える事なく、簡単に三者凡退に終わり、達哉は二試合目にしてはやくも『完全試合』を達成した。

小沢は、ただ驚くしかなかった。

そうして、最初の連戦で三戦二勝と、新生・鳳南はまずまずのスタートを切った。

中間試験後の最初の日曜日。僕達は、初めての遠征に出た。僕の家からは自転車で二十分くらいのところにある、明路と同じくらい名門の桐稜が相手だった。

この試合から、僕にとっては勝つ事が目的ではなくなった。勝敗よりももっと大きな物を掴むためにする練習試合だった。

僕は夏の大会に向け、いささか不本意ではあったが守備を整備するために力をセーブし、打たせて取るピッチングに徹した。

桐稜ベンチは、快速球を投げない僕に拍子抜けしたようだった。カーブを多投し、内野ゴロの山を築いた。エラーでランナーは出すが、何とか〇対〇を保っていた。が、桐稜打線は甘くなかった。

エラーで出たランナーを置いて、甘くなったストレートをホームランにされてしまい、高校に入って初めての失点を喫した。

僕自身の欠点もよく分かった。甘くなると軽くホームランを打たれるほど、球が軽いのだ。やはり、体が細いせいか？　が、いまさら悔やんでも仕方がない。この細い体のおかげで切れのいい球が投げられるのだから。

再びピンチを迎えた。が、何とかサードゴロに打ち取った。……ところが、サードがタイムリーエラーをしてしまった。

ふと、サードを見ると顔面蒼白になり、僕の顔色をうかがっていた。……サードだけではない。一馬と小沢以外のナイン全員が……。

『そうか、みんな、俺に悪いと思って……。いつも、俺の顔色をうかがってんだな。よし！　これからは、エラーしても笑顔でドンマイって言ってやろう！』僕はそう決意した。エースのひとつひとつの行動や表情が、ナインに影響を与える事を学んだ。すぐにサードに向かい笑顔で「ドンマイ」と声をかけた。

そして七回。再び迎えた無死二・三塁のピンチ。さきほど本塁打された四番に打順が回ってきた。近藤のサインは……やはり、敬遠だった。

無論、文句はあった。が、小沢の助言もあり、仕方なくサインに従う事にした。

小沢が立ち上がると、桐稜の応援団から、

「弱虫！　弱虫！」

と罵声が飛ぶ。留奈を見ると、悲しそうな表情で耳を塞いでいた。その瞳は『勝負しなさいよ』と言っているようだった。

二球目を投げ終えると、罵声はいっそう酷くなった。……俺は、自分の主義と違う野球をしているんじゃないか？　そう思うと、やるせない気持ちになり、もう我慢できなくなった。

「小沢、座れ！　勝負するぜ！」

耳を塞いでいた留奈にも、はっきりと聞こえるくらいの声だった。僕は、留奈にもらったペンダントを握りしめた。

「俺は逃げないぜ！」

僕は、自分本来の快速球を投げれば打たれない事を心のどこかで認識しており、ストレート一本で勝負した。

怒りを込めた快速球は、明路戦と同様一四六キロをマークし、相手にかすらせる事なく三振に切って取った。桐稜の監督、陣どっていたプロのスカウトを再び仰天させた。続く、五・六番も快速球で三振に切って取り、大ピンチを無得点で切り抜け、意気揚々とマウンドを駆け降りた。

が、ベンチで僕を待っていたのは賞賛の声ではなく、思いもかけない言葉だった。

「御園、次の回から、マウンドに行かなくてよろしい」

近藤は、目も合わさず冷酷に言い放った。

「……理由を聞かせてもらいましょうか？」

「君は、私のサインを無視した。高校野球において監督の命令は絶対です。それだけで、理由は充分でしょう」

僕は、またカッとなってしまった。

「あんた、野球を知ってるのか！　練習試合だから、打たせて取る投球をした。練習試合だから、自分を試すために凄い打者とも勝負した。もし打たれても、勉強になると思ったからだ！　いや、高校野球なんだから、公式戦でも正々堂々と勝負するのが俺の主義だ！」

動揺するナインを尻目に、不敵な笑いを浮かべ、近藤は言った。

「綺麗事ばかり言ってたら、世間は渡れませんよ」

八回。マウンドには松木がいた。僕は、ベンチを温めるなどプライドが許さなかった。

ロッカーに戻り、荷物をまとめ、ユニホームのまま家に帰る事にした。

僕は、わがままだったかも知れない……。僕が、球音鳴り響くグラウンドを誰にも気づかれず後にしようとした時、背後から僕を呼ぶ声がした。留奈だ。

「達哉ー。待ってよ！　どこ行くの？」

「家に帰るんだよ……」

「家って……。勝手に帰っていいの？　誰かに言ったの？」

「誰にも言ってねえよ。俺は、あんなところに縛られるのはゴメンだからな」

「留奈も一緒に帰る！」

留奈は何も問いつめずに、僕の後をついてきた。しばらくすると、僕の頭も冷えてきた。

「なあ留奈。自転車で二十分くらいだと、歩いてどれくらいかかるかなあ？」

「さあね……。いいお天気だし、のんびり帰ろうよ」

なるほど、心地良い風が吹き、五月晴れで空は真っ青だ。横に見える川の水面がキラキラしてとても綺麗に見えた。留奈は、なぜか嬉しそうに僕の前を歩いていた。そして、クルッと振り返り言った。

「達哉って、いつまでたっても〃燃える男〃ね。近藤なんか相手にしないって言ってたくせに」

「間違った事は言ってないつもりだぜ」

「そうだけど……。一応監督だし、やめさせられでもしたらどうするの？」

「絶対やめねえよ。そりゃあ、アイツは監督だよ。でも、誰が見ても真実はひとつじゃねえか。下の者の意見を聞かない上の人は、心が狭いと思うな。本当に偉い人は、誰の意見でも正しければ聞く耳を持つはずだぜ」

「でも、今の社会のルールはそうじゃないみたいよ……」

「社会の中では通用しないかも知れねえけど、俺の中では通用するんだよ」

留奈は、言いようのない気持ちに囚《とら》われていた。理由は分からなかったが。

「見ろよ、留奈。空だけじゃなくて、風も綺麗な色してるぜ」

「風の色？」

何を意味するのか留奈には分からず、達哉もいつか風のようにどこか遠くに飛んでいきそうな気がしてきた。

「達哉……。どこにも飛んでいかないでね」

深刻な顔をしてそう言う留奈が、とても愛しく思え、言った。

「心配するな。俺は鳥じゃねえからさあ」

その頃。桐稜のグラウンドでは「御園がいない」と、大騒ぎになっていた。

その騒ぎを目にした、桐稜の監督は近藤に、

「君の元では、あの子は潰れてしまうかも知れないな……」

と言った。その言葉に、近藤は達哉にさらなる怒りを覚えていた。


翌日。練習に行くと、ナインから「エスケープするなんてお前らしいな」と、からかわれた。すると、近藤が不機嫌な顔で現れ、砂漠のような乾いた声で言った。

「御園、昨日は何で勝手に帰ったんですか？　私は恥をかきましたよ」

「俺がエースだからだ。投げられないならいる必要がないだろ」

「そうですか。昨日の罰として『1』を剥奪しましょう」

そうニヤニヤしながら言う近藤に、僕は、

「背番号なんか、何番でもいいって言ってるじゃないっスか。俺は、みんなの心の中のエースでいられれば、それでいいんですよ」

そう言うと、近藤は氷のような視線を飛ばし、

「あの程度のなまくらストレートで、よく偉そうに言えますね」

それは、速球に自信とプライドを持っていた僕にとって許せない言葉だった。

「ノックもできないあんたに言われる筋合いはない！　俺のストレートをバカにするなら、あんたが打ってみろ！」

と怒鳴り、金属バットを近藤に差し出した。

すると、見る見る近藤の顔色は変わり、ついに本性を出した。

「何！　監督に向かってその暴言……。打ってやるよ！　そのかわり、俺が打ったら、お前は俺に今後一切さからうな！　いいな！」

途端にナインが、僕に駆け寄り、

「嘘でもいいから謝れ！」

と言い、本田も近藤に、

「冷静になってください」

と止め、留奈や見物人も急な出来事に言葉を失っていた。

が、もう後には引けなかった。

「監督さんよ。望むところだ。打ったらじゃなくて、当てたらでいいぜ。で、俺が勝ったら？」

「え？　何が望みだ」

「俺が勝ったら、俺に干渉せず、俺のする事に口を出さないでくれ」

「よーし、分かった。後で泣くなよ」

そう言い残し、近藤はボックスに入った。そして、球を受ける準備をととのえた小沢が問いかけてきた。

「配球はどうする？」

「男と男の勝負だ。速球一本に決まってるだろ」

「フッ。お前らしいな。忘れるな。俺とお前は運命共同体だからな」

僕らが、そう話している時、近藤は審判を務める本田に耳打ちをした。

「分かってますね、本田」

それは、脅迫に近かった……。

達哉と近藤の対決は、一打席勝負。ファールでもバントでも、一球でもバットに当てれば近藤の勝ち。誰がどう見ても、近藤の方が有利な条件だった。

近藤は、ゆっくり打席に入った。『御園は、バットに当てさせないために大きなカーブを投げてくる。カーブならスピードが落ちるから、バントでもして絶対バットに当ててやる！』

近藤は、どこまでも女々しい奴だった。

一球目。僕は、渾身の力を込めて、ド真ん中にストレートを投じた。二球目。右打者の内角ギリギリにストレートが決まった。

コントロールの悪い僕だから、もちろん偶然だったが。

「ストライク！」

本田のそのコールに、近藤は鋭く陰険な眼で睨んだ。僕は、さっき耳打ちした内容が分かった。汚い奴め！

そして三球目。近藤は、『最後は三振に取るために、絶対あの大きなカーブを投げる』と決めつけ、カーブを待っていた。

が、近藤の読みとは全く逆に、最後の球はド真ん中の快速球だった。呆然と立ち尽くす近藤。

普段、生徒からも嫌われていたから、見物人からもナインからも大歓声が上がった。小沢が近藤にポツリと言った。

「人間の大きさの違いだな。アイツは最初から、まっすぐ一本だったんだぜ」

小沢の台詞。生徒の拍手。近藤には、このうえない屈辱だった。

「さあ、練習の続きだ。監督さん、邪魔だからどいてくださいよ」

僕がそう言うと、近藤はバットを放り投げ、本田を連れて監督室へと消えていった。

「本田。君は、私を裏切りましたね」

「……いえ、そんな。ただ、素直に判定しただけです。……僕も、御園に甲子園を賭けてみたくなったんです」

不敵な笑みを浮かべて、近藤は冷たく言い放った。

「賭けるなら、甲子園だけにしときなさいよ……。フフフ」

帰りの車中で、留奈に「あんまり心配かけないでよね」と言われた……。留奈は、そう言いながら涙を流していた。


近藤との勝負を制し、『1』を背負ったまま六月を迎えた最初の日曜日。

明路・桐稜に続き、選抜出場五回の私立の名門・泉里高との練習試合があり、遠い地に遠征する事になった。

この日は、留奈の十六回目の誕生日で、僕は、「勝ってウイニングボールをプレゼントする」と約束していた。〝親友〟留奈のために。

この試合の僕は絶好調だった。特にカーブの曲がりは素晴らしく、泉里の左打者が『頭に当たる！』と思い、尻餅をついて避けた球がストライクになるほどキレがあった。

そうして、そぼ降る雨の中、快速球と大きなカーブで三振の山を築き、泉里打線を完璧に抑え、試合は〇対〇で進んでいった。

お互い無得点なのに、一年坊主に抑えられているせいか、泉里の方が焦っていた。もっとも、ウチの打線も完璧に抑えられていたが……。特に、シニア時代スラッガーと評判だった一馬は、明路戦ですっかり調子を狂わされ、並のバッターになっていた。一年生だから、高校生の球に戸惑って当然なのだが。

七回裏、泉里の攻撃が始まった。

「一番、サード、佐野君」

『一番？　そうか、俺はここまでパーフェクトなんだ』その事に、初めて気づいた。

九回の表。焦りの見える泉里の守備陣の乱れから、虎の子の一点を先取した。

最後の攻撃になり、一年相手で気負い、振り回していた泉里ナインは、左腕の一四〇キロ台の速球は右腕の一五〇キロに匹敵するとやっと気づいた。が、時はすでに遅く、打てる術もなく、九回も三者凡退に終わり、完全試合を喫してしまった。

その瞬間。僕は、大きくガッツポーズをしてみせた。強豪・泉里相手に完全試合を達成したから。留奈に、思っていた以上の最高の贈り物ができるから。

試合後。雨はいっそう激しくなった。

達哉は、高校に入ってから最高のピッチングをした。強豪・泉里を相手に完全試合を達成し、さらに二十七のアウトのうち、二十三の三振を奪う快投だった。


鳳南は明路・桐稜・泉里と強豪私立を相手にしながら、成績は六勝一敗で、達哉はもうプロのスカウトも眼が離せない存在になっていた。一年生にして早くも「二年後のドラフト一位」の声も上がっていた。「細身だが、体のバランス、腕の振りも良い。ストレートで三振が取れるのが魅力」と、スカウト陣から絶賛された。そのうえ、自ら〝天才〟と称する類い希な素質。一七八センチの身長から繰り出す一四〇キロ後半の快速球。度胸満点のプレートさばき。端正な顔立ちとスリムな体と、爽やかなガッツポーズに感じられるスター性。そして、達哉独特の底知れない力を認め、希少価値のあるサウスポーという事もあって、各球団とも喉から手が出るくらい欲しい選手になっていた。

自宅に帰り、さっそく留奈にウイニングボールをプレゼントした。

「ほら、誕生日プレゼントだ。約束通り勝っただろっ」

と、自慢げに言った。が、留奈はボールを受け取らずキョトンとしていた。

「達哉……。本当にいいの。そんな大事なボール」

「いいよ。俺には、これくらいしかしてやれないし……。完全試合はこれからもできるからさあ」

留奈は、目を潤ませ本当に嬉しそうな顔をして、ボールを受け取った。そして僕は、そのボールに日付とサインをせがまれ書いた。

「ありがとう。今までで一番嬉しいプレゼントよ」

僕は、留奈の嬉しそうな笑顔を見られるだけで満足だった。


泉里戦の後。僕は夏の大会でも『やれる』という自信が湧いていた。が、そのためには僕の他にもう一人の投手と、普通の打撃力が必要だった。

そこで僕は、自ら打撃投手をかって出た。近藤の返事は、「勝手にしろ」という冷たい課題の二番手投手は、松木しかいなかった。明路にスカウトされたくらいだ。きっと光るものを持っている。僕は年下なので気が引けたが、松木にアドバイスをしようとした。

僕が言いづらそうにしていると、松木が、

「何でも言ってくれよ」

と言ってくれたので、

「松さんは、太りすぎで腰の切れが鈍ってると思うんです」

などと、アドバイスをした。

「そうか……。じゃあ、努力して痩せるよ。でも、何でお前は俺にアドバイスしてくれるんだ？　一応、エース争いのライバルじゃないのか？」

「ライバルじゃなくてチームメイトでしょ。俺はスタミナがないから、連投はできない。甲子園に行くには、松さんの力が必要なんです」

「甲子園？……本気なのか？」

「当たり前でしょ。夢や目標は、とびっきりでかい方が励みになりますからね」

「お前が、ナインに信頼される理由が分かったよ……」

僕は、細かい事に拘るのは嫌いだった。

そして、僕が見ているのは〝明日〟、いや〝一年先〟だった。

さきほどまで晴れ上がっていた空から、雨が落ち出した頃。学校に一本の電話があった。『私学五強』の一角、隆徳大付高からの練習試合の依頼だった。これで、五強のうち四校目の依頼……それだけ、達哉は警戒されていた。その前に、来週末に高校に入って初めての大会、水無月杯があった。

大会といっても、同じ学区の十二校が集まって開かれる、規模の小さいものだったが、新設の僕らにとっては大会でどれだけ力を出せるか試すのにいい機会だった。

大会を前日に控えた日。僕らは、練習を早めに切り上げ、帰宅の途についていた。

晴れた午後の街角、綺麗な風を受けながら留奈と歩いてると、不意に留奈が不思議そうに、

「ねえ、達哉。最近、よく松木さんにアドバイスしてるね。何で？　一応、エースを争うライバルじゃないの？」

「俺のライバルは、俺自身だよ。練習をサボりたい。遊びたい。そんな俺に勝つ事が目標なんだよ」

「ふーん。立派、立派。昔っから達哉、人と比較されるの嫌いだったもんね」

「ああ。大っ嫌いだよ。俺は俺だからさ」

そう強気に語る達哉を見て、留奈は『もし、達哉が自分を見失ったらどうするんだろ』と、一抹の不安を抱いていた。


翌日、梅雨の晴れ間が広がった日、水無月杯が始まった。一回戦の相手は、ウチと同じく初参加の第四工業高校だった。

強豪相手に揉まれた鳳南の選手は、一年目だが成長しており、中学生のような球を投げる相手の球を打ち崩し、五回コールド、十二対〇と見事に初戦を飾った。

達哉は、参考記録ながら高校に入って三度目の完全試合を達成した。立ち上がりから十二者連続三振を奪うおまけつきで。

そして、二回戦の試合前。スタメンを聞いて驚いた。先発、松木は予定通りだが、ショートの一馬がサードに、そしてショートには左利きにもかかわらず、僕が入れられた。

左の内野手なんて、常識外れもいいところだった。僕と一馬が親友なのを知っていて、近藤は陰険な復讐に出た。が、一馬も僕もそんな事に拘る奴ではなかった。一馬はサードを懸命に守り、僕もまた不馴れなショートを懸命に守った。

が、近藤の仕打ちには腹が立った。近藤は、僕の眼に気づき、言った。

「君に干渉してないし、口も出していませんよ。オーダーの事は約束に入ってないですから」

それは、もっともな意見で、僕は反発する事ができなかった。

『俺が与えられたのは、本当の自由じゃないんだ』——ふと、そう感じた。

二回戦も何とか突破した鳳南は、準決勝でも達哉が評判通りの快投を見せ、公立の雄・翔星相手に散発・二安打完封で、一馬のホームランの一点を守り抜き一対〇で決勝に進出した。

決勝では、松木が選抜ベスト4の城光打線の滅多打ちにあい敗れたが、初出場で準優勝の栄誉に輝いた。そして、達哉は大会初めてという、一年生にして『最優秀投手賞』を受賞した。

その日以降の練習は、類を見ない見物人が集まった。水無月杯・準優勝の影響は大きく、他校の女子も大勢来ていた。が、ナインにとっては、準優勝したことが、かえってプレッシャーになっていた。

そんな練習の中頃。ブルペンで投げている僕の元に、理事長が喜色満面でやって来た。

「御園君。いやあ、君は私が思っていたより凄い投手だ！」

理事長は、本当に野球好きで興奮しているようだ。

「夏の地区予選は、どこまでいけそうかね？　甲子園かね？」

僕は、ハッキリした口調で言った。

「目標は大きい方がいいから、一応甲子園です。……でも、ナインを見てください。高校に入ってから野球を始めた者もいます。甲子園までには八勝しなければいけないんです」

「そうだな。じゃあひとつふたつ勝ってくれよ」

「いえ。ベスト8には残ってみせますよ」

小沢と本田は驚いていた。もちろん、留奈も。

「そうかね！　じゃあ、ベスト8入り頼むよ。その前に、もっと走り込んでスタミナをつけんといかんよ」

理事長も、僕が走り込むのが嫌いだと思っているらしい。仕方ないが……。

「留奈。帰ろうぜ」

「うん。達哉、いいの？　理事長にあんな大きな事言って。ベスト8に残るのって大変よ」

「分かってるさ。……正直言って、俺の実力以上に周りの人の大きすぎる期待がプレッシャーになるから、わざと大きな事を言って自分に自信をつけてるんだ」

留奈の前だと、不思議と素直になれた。

「そうだったの。……でも、大きな事言いすぎると、嘘つき扱いされるよ」

「いいよ。それならそれで。『嘘つき』って言われても、俺が大きな事を言ったり強がったりする事で、ナインが安心するならそれでいいよ」

留奈は、達哉の性格を誰よりもよく知っていたから、達哉の言う事が理解できた。そして、そんな達哉が大好きだった。

その時、

「キャー！　御園君。サインしてください」

僕は、留奈がいたにもかかわらずに、色紙を持っている子、全員にサインをした。

留奈は、呆れた顔をして言った。

「タレントでもないのに、サインなんかしちゃって」

「タレントでも何でもない素人の俺に、『サインくれ』なんて言ってくれるんだから、余計書いてやらなきゃな」

いつもの事ながら、達哉の言う事は変な説得力があった。

「そうね。達哉の言う事が正解！　達哉は優しいね」

「うるせえよ。さあ、帰ろうぜ」


教師達は、そんな僕の本心も知らずに、「すっかりスター気取りだ」と徹底的に嫌っていった。僕は、ただでさえ暑さで匂う教室が、畜生臭くなっていると感じ、無性に屋上に出たくなった。昼休み。弁当を持って一人で屋上に上がると……鍵がかかっていた。僕は、名札の先で適当に鍵穴を突っついた。

カチャッ。

鍵が開いた。

屋上は、やはり広々として気持ちがいい。

『これから、嫌な事があったらここに来よう』そう決め、夏が近づいている青い空を見上げた。

その頃、留奈は突然いなくなった達哉を探し廻っていた。グラウンドにも出てみたが、昼休みに熱心に練習していたのは、一馬と松木だけだった。

途方に暮れた留奈が、何気なく屋上を見上げると……。人影が見えた。留奈は、直感で達哉だと分かった。

『どうして屋上に？　鍵は？』

留奈は、慌てて屋上に駆け上がった。鍵は開いていた。

僕が、フェンスにもたれ空を見ていると、背後から、

「自殺でも考えてたの、達哉？」

安堵したような微笑みを見せ、留奈がちゃかしてくる。

「バーカ。今、死んだら明日が見えなくなるだろ」

「じゃあ、こんなところで何してるの？」

「ん？　広々したところに出たかったのさ。……どうだ。気持ちいいだろ」

「ホント！　いい風ね。空も青ーい！」

留奈は、僕と並んではしゃいでいる。

「……鍵、かかってたでしょ?」

「ああ。この名札でチョイチョイとな」

「達哉、野球より泥棒の方が才能あるんじゃないのー」

「そうかもな。よし!　泥棒になろうかな」

達哉が、無理に明るくしている事を留奈は鋭く見抜き、慰めようとした。

「ねえ。野球の事で悩みがあったら、いつでもウチに、泉里戦のボール見にきてね」

「……サンキュー。でも、俺は悩んだりしねえよ」

その時、爽やかな風が吹き抜けた。

「いいな……風は自由で。俺は、風のように自由気ままに、夏の空のように大きな心の人間になりたいな」

「キザな事言っちゃって!　達哉も、近藤に勝ってから自由で楽しそうにやってるじゃない」

「自由だと思ってたんだけどな。……絵空事の自由だったよ」

「絵空事の自由?」

「何でもねえよ。……野球は、いつでも楽しいさ。さあ、戻るか。ここにいるとまた先生達に、何言われるか分かんねえからな」

僕は再び、名札で鍵を閉めた。留奈は、達哉が言った『絵空事の自由』と言う言葉が胸に引っかかっていた。


セミが鳴き出しそうなほど、暑い日。隆徳大付高校との試合が行なわれた。

この試合は、なぜか体がだるく、球速もMAX一四〇キロまでしか出ず、四死球を連発していた。しかし、攻守にも助けられ、なんとか無得点に切り抜けていた。

自軍の攻撃中。僕は、一汗流そうとブルペンに向かった。すると、留奈が、

「達哉、大丈夫？　何だか、疲れてるみたい」

「心配するな。俺には、これがついてるからな」

そう言って、僕は留奈に、青い石のペンダントを見せた。と、留奈は、

「……実は、魔法のペンダントなのよ」

と、自分のペンダントを取り出して見せた。

「そうなんだ。留奈、今日は風が味方してくれるぜ。きっと」

僕には、不思議な確信があった。

「そうね！　風が綺麗な色してるもんね」

「留奈にも風の色が見えるようになったか。偉い、偉い」

そう言い残して、僕はマウンドに上がった。

そうして迎えた五回裏。ただの外野フライに見えた小沢の打球は、突然吹いた熱い風に乗り、先制のツーランホーマーになり、沸き返っていたウチのベンチに、学校職員が大慌てで走って来た。

「近藤先生！　今、ＡＬ学園から試合の申し込みがありました。もちろんＯＫですよね！」

普通なら、王者、ＡＬが新設のウチを相手にする訳がないからだ。——僕は、ＡＬと試合ができる事に胸を弾ませ、この後のピッチングがガラリと変わり、隆徳大付を〇点に抑えていった。

八回表。二対〇とリードして、打順はメッツ時代の同僚、織田に回ってきた。

織田は、一年で名門のレギュラーになれるほどの実力だ。が、何か悩んでいるようだ。

何とか、一本打たせてやりたかった。しかし、そんな事を喜ぶ奴ではない事も知っていた。

僕は、ストレートで力一杯勝負する事にした。ただし、織田の好きなコースで。

――カキーン！

鋭い金属音を残した打球は、さきほど来の強風も後押しし、完璧なホームランとなった。この一点で、桐稜戦の六回から続いていた僕の無失点記録は、五十回と三分の二で途絶えた。しかし、そんな記録より、かつてのチームメイト織田が自信を取り戻し、一軍に残れる事の方が嬉しかった。

『御園の奴、俺の好きなところを知ってるくせに……。わざと投げてきやがって。しかも、手を抜かずに……サンキュー、御園。お前は、いつまでも俺の中ではエースだぜ』

織田は、三年生達に頭を叩かれながら、涙を流していた。

隆徳大付の反撃を一点に抑えベンチに戻ると、本田に呼ばれた。

「なんで、織田に苦手のカーブを投げなかった？」

「……元々カーブは、逃げの投球みたいで嫌いなんですよ」

僕は元来、カーブを投げるのは好まなかった。なぜならば、『カーブは曲がり球だ』という印象があり、僕は何事も『まっすぐ』が好きだったからだ。

「フッ。お前は優しいな。織田とは友達なんだろ？　お前の優しさは、学生としては立派だが、野球人としては欠点だ。覚えといてくれ」

どうやら、本田に僕の気持ちが見透かされていたようだ。

――「ストラーイク、バッターアウト！」

最後の打者を本日のＭＡＸ一五一キロで三振に仕留め、二対一で強豪・隆徳大付を破った。

これで、私学の五強から三勝目を奪ったことになる。

試合終了後。織田が、笑顔で握手を求めてきた。

「サンキュー。お前に借りができたな」

「何言ってんだ。お前の打撃が、良かったんだよ」

「そうか……。お前はやっぱり、いつでもエースだよ」

僕は、織田と別れると早速留奈のところに行き、自慢げに言った。

「言った通り、風が味方してくれただろ？　どうだ。俺の予言は」

「うん。当たったね。織田君にも、風が味方したけどね」

皮肉を込めて、留奈が微笑んで言った。

「御園君。二、三いいかなあ？」

振り返ると、雑誌社の記者がインタビューを求めてきた。そして、趣味や好きなタレントなどを聞かれた。

「えーと、好きな言葉は?」

「〝明日は明日の風が吹く〟です。いい加減な意味じゃなくて、今日嫌な事があっても、明日になればいい事があると考えれば、楽しいからです」

「えー、得意な球種は?」

「速球です」

「はい。ストレートね」

「ストレートなら誰でも投げられるでしょ。ストレートじゃなくて『速球』です」

「強気だね。じゃあ、最後に目標は?」

「いつか、全国制覇する事です」

「全国制覇? このチームで……いや、失礼」

「いや構いませんよ。ただ、負けるのは嫌いですから。でも、逃げるのはもっと嫌いです」

その後も質問をぶつけた記者は、『度胸のいい子だ』と思った反面、『生意気な奴だ』と

も思った。が、達哉が少年の笑顔で、人なつこく、

「記者さん。一、二って言ったのに、六つも質問しましたね」

と言うと、その一言で、記者の達哉に対する印象はアッと言う間に変わり、好感を抱いた。

達哉は、初対面の人の心をもすぐ掴む、本当に不思議な男だった。

そして、ALとの試合を来週に控えた日。城光学院との練習試合があった。

雨が降りだしそうで降らない蒸し暑い中、プレーボールがかかった。

エリート校で、今春の選抜ベスト4の城光の人気はさすがに凄く、ウチのグラウンドにもかかわらず、観客のほとんどが城光の応援だった。

僕は、逆境に強かったので、そんな不利な条件の中、初回を三者三振に仕留めた。

ベンチに帰ると、近藤は嫌な顔をして、

「御園。勝つばかりが能じゃないですよ。ご覧なさい。周りは城光のファンだらけです。城光は、お偉方にも気に入られています……まあ、その辺よく考えて」

『どういう意味だ？　わざと負けろと言ってるのか？』僕は、ますます燃え上がり、その

後、十者連続三振を奪った。

この試合、僕に誰も近寄ろうとはしなかった。気合いが入りすぎていて、近寄り難かったらしい。

試合の中盤。調子を取り戻した一馬と小沢の連打で、ウチが二点先制した。

近藤は今日の天気のように、どんよりした表情をしていた。

僕は、二点先取に気をよくしてマウンドに上がった。――その時、雲の切れ間から夏の陽射しが顔を覗かせ、見る見るうちに空を覆っていた雲は消え去った。いよいよ夏だ。俺の季節だ。天も、味方してくれてると思った。僕の調子は、最高に良かった泉里戦に近かった。六回の攻撃も簡単に退けベンチに帰ると、近藤が僕に交代を告げた。

「次の回から、松木に代わりなさい」

「何言ってんだ？　俺は、途中でマウンドを他人に絶対譲らない！　それがエースだ！」

「君は、隆徳戦でも投げました。松木はずっと投げてないんですよ」

「でも、これまで一安打しか打たれてないんですよ！」

すると、松木が初めて近藤に反抗した。

「僕は、御園の後に投げられません。投げさせてやってください！」

「松さん……」

近藤は、

「勝手にしろ」

と言って、ベンチにドカッと座った。

激しく太陽が照り出した、七回。ストレートが走らなくなってきた。ツーアウトを取った後、四番の瀬田に今までの快速球から〝快〟の取れた、ただの速球をレフトの場外に放り込まれた。何かが狂ってきた。

その回を一点でしのぎ、ベンチに戻ると、留奈が眼で僕を呼んでいた。

「何だよ？　留奈」

「次の回から、代えてもらえないの？」

「はっ？　何言ってんだよ。……何で、そんな事言うんだ？」

留奈は、真剣な顔をしていた。いや、泣き出しそうでもある。

「何か、嫌な気がするの。それに、達哉、疲れてるみたい……」

「大丈夫さ。御守りがあるじゃねえか」

まだ何か言いたそうだったが、留奈はそれ以上何も言わなかった。

が、結果的には留奈の予感通り、交代してもらった方が良かった事になる。

次の回から、僕のストレートは威力を欠き、打たれ出した。疲れか？　ちきしょう！

夏は俺の季節のはずなのに……。

達哉は疲れていた。元々スタミナに不安がある上に、高校に入ってから膝のケガで満足に走り込みもできていない。

ましてや、たった二カ月の間に私立の強豪校ばかり相手にし、また勝ち続けていた。いくら達哉が〝天才〟と言えども、まだ一年生だ。疲れない方が不思議で、ここまで疲れずに勝ち続けた事が奇跡に近かった。

僕の苦投は続いた。が、来週、憧れのＡＬ学園と試合できる事を心の支えに、何とか○点に抑え、二対一のまま、運命の最終回を迎えた。

最終回。先頭打者を打ち取ったものの、次打者にヒットを打たれ、次の打者には、簡単に死球を出して、一死一・二塁となった。

その時、左腕に違和感があった。『嘘だ。今まで信じて、一度も裏切る事のなかった左腕なのに……。あれだけ調子が良かったのに、〝好事魔が多し〟とは、よく言ったものだな』と、そんな事を思っていると、僕の異変に気づいたのか、小沢がマウンドに上がってきた。

「御園、足が、痛むんじゃねえか?」

「ん? 足は痛まねえ」

そう、足は……。

「ただの練習試合だ。無理するな。まあ、どんな試合でも懸命に投げるのが、お前のいいところだけどな」

さすがに留奈も僕の異変に気づいているらしく、心配そうにペンダントを握りしめていた。僕は、留奈に心配させまいと、僕らしく強がってみせ、バックに向かって叫んだ。

「よし! このバッターをゲッツーに取って終わるぞ!!」

達哉はやはり、不思議な力を秘めた男だった。次打者を台詞通りにショートゴロ併殺コースに打ち取った。誰もが『試合終了』と思った。

ところが! セカンドが併殺を焦りエラーをして、二死ながらランナーを一・三塁に残して、瀬田に打順が回った。そこで、ここに来て欲が出たのか、近藤がこの試合初めてサインを出した。

敬遠! 満塁策を取るのか……。僕は、不本意だったが、今の力では瀬田に通用しそうもないのでサインに従う事にした。エラーした奴に責任を感じさせないためにも。それも、エースの条件のひとつだ。

そして、留奈をチラッと見た。『逃げないで！』と瞳が言っていた。

その時、僕はふと、あの夢を思い出した。天使の留奈が『決して逃げないで攻め続けてね』と、言った夢を……。そうだよな。留奈。苦しい時に、どれだけのピッチングができるか試すのに、いい機会だよな。そう思い直し、近藤に『ＮＯ』のサインを送った。左腕に違和感を感じ、本来の快速球が投げられないのに。それでも僕は、エースの美学を守ろうとした。

そして、マウンド上で夏の風を思いっきり吸い込んだ。すると、ナインも勝負する事が嬉しかったのか、

「御園！　守るぜ！」

と、声をかけてくれた。

そう、俺は孤独じゃないんだ。心が軽くなり、瀬田との勝負に集中した。だが、やはり瀬田は好打者だった。

僕の〝快〟の抜けた速球を、右に左に打ちわける。それでも僕は、ストレートを投げ続

けた。練習試合なのに、二人の気迫に押され、観衆は固唾を呑んで見守っていた。

そして、精も根も尽き果てた八球目。鋭い金属音を残し、瀬田の打球はレフトに向かって大きく舞い上がった。——『逆転スリーランだ』——そう分かったが、僕は『エースの美学』を守り、振り向かずに堂々と前を向いていた。

大歓声が起こった。ファールだ！　夏の強風が、打球をファールにしてくれたのだ。

だが、僕にはもう投げる球が残っていなかった。『一か八かだ。カーブを低めに投げて引っかけさせよう』——僕にとっては『逃げ』になる、カーブのサインを出した。小沢もうなずいた。

運命の九球目のカーブ！　僕は、渾身の力を込め投げた。予想しなかったカーブに戸惑ったのか、瀬田は体勢を崩して、計算通りに引っかけてくれた。……と、思った。

が、瀬田は体勢を崩しながらも、しっかりミートしていた。

——カッキーン！

僕がその快音に気づき、投げ終えた体勢のまま顔を上げると、目の前いっぱいが真っ白になっていた。

何だ？　ボールだ！　嘘だ！　内野ゴロに打ち取ったはずだ！

「キャー！　達哉、危なーい！」

留奈の悲鳴が聞こえた。気づいた時はすでに遅く、鋭いライナーは、僕の右胸を目がけて飛んできた。『ぶつかる！』そう思い、体を反転させ避けた……いや、逃げたのかも知れない。

――ドシィッ！

鈍い音をたて、打球が僕の左ヒジを直撃した。痛みが脳天にまで突き刺さる。この間、約数秒……。数秒の間に、僕の運命は大きく変わる事になった。

女子生徒の悲鳴が響く中……僕は覚えていないが、ヒジに当たって転がったボールを必死に捕りに行き、ファーストに懸命にゴロの送球をしたらしい。

僕はその後、その場で倒れ担架で運ばれた。命の次に大事な左腕に打球が直撃したのがショックだった。

僕は、もうろうとする意識の中で、今夏、最初のセミの音を聞いていた。

去年。シニアで優勝候補の筆頭と言われながら、初戦敗退した時にも聞いた、その夏、最初のセミの音……。僕はその後、本田の車で、留奈と共に近くの町医者に運ばれた……らしい。

診断は、左ヒジの上の靭帯損傷だった。

僕は、その頃、夢を見ていた。そう、あの日見た夢と、似た夢を……。織田がいる。そうか。俺は織田とエンゼルスに入団したのか。が、俺はユニホームを着ていない。と、織田が俺に近寄り、言った。

「よお、御園。激励に来てくれたのか？　お前と一緒にプレーしたかったのによー」

「何言ってんだよ。俺も……」

織田は練習に戻った。

すると、天使の留奈が現れた。

「どういう事なんだよ。留奈」

天使の留奈は、涙を流していた。

「逃げないでって言ったのに」

「逃げてねえよ！　勝負したじゃねえか！」

「……二度も逃げたわ……」

天使の留奈は、そう言い残して消えた。

「どういう意味なんだ？　留奈ー！」


僕が、意識を取り戻すと、目の前に留奈と本田がいた。

「御園、気がついたか。良かったな……。軽度の靱帯損傷らしい。夏は無理になったけど、お前にはあと四回チャンスがあるからな」

「試合は……試合は、どうなりました？」

「ん？　あの後、松木が打たれて負けたよ。瀬田の判定は、微妙だったんだけどな」

「は？　瀬田の判定って？」

留奈と本田は、驚いた表情で顔を見合わせていた。

「覚えてないのか？　お前が、ボールを拾って一塁へ……」

「打球がヒジに当たった後の記憶、ないんですよね。そうだったんですか？」

「……お前って奴は。とりあえず、今日はもう遅いからここにいて、明日、精密検査を受けろ」

「いえ！　精密検査なら、行きつけの病院があるから……そこで」

本田にも、膝の事を知られてはまずかった。

「そうか」

そう言って本田が帰った後、留奈が突然、僕に泣きついてきた。

「留奈……泣くなよ。大した事ないって」

「ごめんね……。留奈、びっくりしちゃって。達哉、起きないんだもん……」

「バーカ。朝になったら起きるさ。留奈は、心配性だなあ」

僕の軽口に、涙を拭いながら留奈は、いつもの留奈に戻った。

「良かった。軽症で。もう！　瀬田って人、許せないわ！」

「瀬田さんが悪いんじゃねえよ。……俺が、逃げたからさ。……二度も」

「何言ってるの。達哉は、敬遠のサインを無視して、勝負したじゃない」

「いや、逃げたよ。ストレートを投げるのが恐くて、カーブでかわそうとして。それだけじゃない。打球からも、恐くなって逃げたんだ。留奈も見てたろ？　逃げなけりゃ右胸に当たってたんだ。逃げたから、左腕に当たったのさ。二度も逃げちゃ駄目だよな。神様がバチを与えてくれたんだな」

「……恐いって、素直に認めるのって男らしいな。留奈は、そんな人好きよ」

留奈はそう言うと、

「明日、迎えに来るから」

と言って、帰っていった。


翌朝早く、留奈は迎えに来た。そして、膝の治療を受けている病院に行った。両親には、

「大した事ないから来なくていい」

と言っておいた。

が、医者が下した診断は、思いもよらぬものだった。

「うーん。靭帯より、問題は……ヒジだな」

「ヒジ？　靭帯損傷じゃないんですか？」

「靭帯の損傷は、日が経てば治るよ。……その前に、ヒジが痛まなかったか？　正直言って、ヒジのところが亀裂骨折してるよ」

「亀裂骨折……。投げたら、どうなりますか？」

「投げたら……バシッと音がして、骨折するだろうな。そうなれば、二度と投げられなくなるぞ」

僕と留奈は、顔色を失った。そして、留奈が、医者に問いかけた。

「ど、どうして、亀裂骨折を？　打球が当たったからですか？」

「違う。疲労骨折だな。その上、炎症も起こしている。……正直に言おう。全治六週間だ。無理したら、本当に投手生命を絶たれるぞ」

セミの声が聞こえる中、僕にとっては非情な宣告だった。

「全治六週間……。どうして、そんなに酷くなったんですか？」

「理由を聞きたいか？　聞きたそうだな。君は、膝を痛めた。投手にとって重要なのは、下半身を作る事だろ？　なのに、君は満足にそれができなかった……。噂は聞いてるよ。成績は？」

「えーと、十勝一敗……いえ、二敗です」

「短期間で投げすぎだな。しかも、強豪ばかり相手に。下半身ができてないのに無理するから、ヒジに負担がかかったんだよ。才能だけでは、限界があるんだ。とにかく、これからは無理しないようにな。……まあ、二、三日入院して検査してみよう」

自分でも、薄々気づいていた。『やはり、膝が致命傷だな』僕は、生まれて初めてといっていいくらいのショックを受けていた。それは、留奈も同じだった。

去年の夏も予選で敗れ、僕に夏は来なかった。そして、今年の夏も……。

その頃、学校にはＡＬ学園から、練習試合は『なかった事にしてもらいたい』と言う電話が入っていた。

病室の窓から見える、僕の大好きな夏の青空が哀しく見えた。


学校を終えると、留奈が病院に来てくれ、無理に明るく振るまっていた。

「達哉、ちゃんとご飯食べた?」

「……それが、牛乳しか喉を通らねえんだよ。不思議だよな。悪いのは、胃じゃなくてヒジなのにな。やっぱ、精神的なものかな?」

「らしくない事言ってー。みんな、達哉の事、心配してたよ」

「そうか……。何か、グングン伸びてた天狗の鼻がボキィっとと折られた気がするよ」

「達哉は、天狗になんかなってなかったよ……」

「サンキュー。でも、天狗になってたんだ。だから、勝つ要素もない勝負を挑んだんだ」

留奈は、一番危惧していた、挫折を知らない達哉が挫折して、自分を見失っていると感じた。

「……後悔してるの?」

「後悔なんて、絶対しねえよ。……心配するな。俺は一度や二度つまずいたからって、逃げ出したり落ち込んだりしねえよ。それどころか、早い段階でケガして良かったと思ってんだ」

「良かった？　どうして？」

「だって、そうだろ。あのまま投げ続けてたら、骨折して投げられなくなるところだったんだぜ。それに、このまま勝ち続けてたら、俺は野球を甘く見ただろうからな。神様が、野球の厳しさを教えてくれたんだよ。やっぱり俺は、運が強いぜ」

真顔でそう言う達哉を見て、留奈は改めて、達哉のプラス思考の強さに感心し、安心していた。

次の日から、留奈が毎日、病院を訪れ『早く骨がひっつくように』と、煮干しやジャコを持ってきてくれた。

僕は改めて、留奈の優しさを実感し、暑苦しいセミの声が聞こえる中、一陣の爽やかな風が通りすぎたような気がしていた。

数日後。僕は、退院した。病院を出ると、夏の陽射しが溢れていた。

僕は、夏が大好きだった。夏の持つ独特な開放感。夏祭り。甲子園大会。花火大会。入道雲。真っ青な空。セミの音……。夏の全てが好きだった。

「……いいよな、夏の空って。真っ青で高くてさあ。夏って大好きだな」

「そうね。達哉も、夏の空みたいに、心の広い男になるんでしょ。……それと、夏の甲子園で投げるために生まれてきたんだよね」

「そうさ。よく覚えてたな。偉い、偉い」

そう言って僕は、留奈の頭をクシャクシャと撫でた。


次の日。僕が久し振りに登校すると、学校の前に異常な数の女の子がいて、「キャー！御園君」と声を張り上げた。僕には何がなんだか分からなかった。

すると、留奈が苦笑いをして、

「凄い人気ね。さしずめ〝悲劇のヒーロー〟ってとこね」

「悲劇のヒーローなんて嫌だぜ。俺は、そのうち本当のヒーローになってやるぜ！」

いつの世も、悲劇のヒーローは本当のヒーローよりも騒がれるものだ。達哉も、城光戦で、投手ライナーを受けながら懸命にボールを拾い、一塁へ送球し倒れた姿が、悲劇のヒーローとして人気を呼んだ。一試合にして、達哉の人気は確固たるものとなっていた。

四日振りに参加した練習で、野球部の雰囲気がおかしいのに気づいた。どうやら、夏の予選大会の登録メンバーの事で、ナインと監督がもめているようだ。

ナイン達は、投げられない僕を登録メンバーに入れるよう、近藤に頼んでいた。もちろん、近藤の答は『NO』だった。

しかし、僕は、そんなナインの気持ちだけで充分だった。投げる事ができない僕を、せめてベンチに入れてくれようとした、ナインの気持ちが嬉しかった。が、本心はやはり、ベンチに入って、ナインと明るく、楽しい野球を実践したかった。


七月の中旬。夏のうだるような暑さの中、夏の地区予選はスタートした。

陽炎たつ球場での入場行進――『初参加・鳳南高校』のアナウンスと共に、我が校が入場してきた。みんな、緊張しているようだ。

初めて見る予選大会の開会式に、僕は感動した。僕は、時々思う事があった。『甲子園大会より、誰でも、どんなチームでも野球が好きな者、全員が参加できる予選こそ、球児にとって本番ではないのか？　甲子園は、頑張った者に神様がくれるプレゼントなのかも』

この時点では、新設校のウチも、ＡＬや明路、隆徳大付……全ての学校が、同じスタートラインに立っている。

『来年は絶対、この球場に背番号『１』で来るぞ！』

スタンドの固いベンチに座って、夏の激しい太陽を浴びながら、心に固く誓った。

そして、初戦。初参加の緊張からか、ナインは地に足がつかずに、九対四で敗れ、鳳南高・野球部の初の公式戦は、白星で飾れなかった。……しかし、ナインは泣く事も忘れ、怒っていた。

近藤が、五度も敬遠のサインを出し、スタンドから『弱虫！』と、野次られたからだ。

近藤は本当に逃げるのが趣味のような男だ。

この年の夏は異常なほど暑かった。そのためか、波乱が相次いだ。その中、ＡＬ学園が実力を発揮し、春夏連続の甲子園キップを手にした。

僕らは秋季大会に向け灼熱の太陽の下、練習を繰り返していた。

僕の亀裂骨折の方も、留奈のカルシウム攻撃のおかげか、医者が驚くほど回復していた。

投球許可は下りていなかったが。それでも、留奈は暑い中、毎日練習に顔を出していた。

僕と留奈は、親友という関係を保っていたが、留奈に悪い気もあった。

セミがうるさいほど鳴きまくる、今夏一番の暑い日。

僕は留奈に、あのペンダントを買った夏祭りに行こうと誘われた。

留奈は、初めて浴衣を着て、「かわいいでしょ」とはしゃいでいる。容姿は、すっかり大人びて綺麗になったくせに、相変わらず幼稚な物ばかり僕にねだる。

そうこうしていると、背後から懐かしい声がした。

「御園！　御園じゃねえか？」

「風見！　元気か？　帰ってたのか？」

風見は、メッツ時代の同僚で、東京の名門校・東京第一に野球留学していた。達哉と織田、風見の進路先には、全国の各高校が注目していたものだった。

「ああ。夏休みでな。まだ、補欠だしさ……。あ！　織田に聞いたぞ。お前、ＭＡＸ一五一キロの快速球を投げて、強豪校をきりきり舞いさせてるらしいな。やっぱ、お前はすげえよ」

「織田？　織田にいつ会ったんだよ」

「この間、東京に隆徳が遠征して来たんだ。その時に聞いたのさ。で、予選ではどこまでいったんだ?」

「……」

僕は留奈と顔を見合わせた。すると、風見が留奈に気づき、

「御園、……その美少女。ひょっとして、留奈ちゃんか?」

風見が戸惑うほど、留奈は綺麗になっていた。僕は、近くにいすぎて気づかなかったが。

「何言ってんだよ。留奈だよ。留奈!」

「ホントかよ! 綺麗になったな! 留奈ちゃん。御園、俺に紹介してくれよ。お前達、親友なんだから、構わねえだろ?」

「……残念でした。親友じゃなくて〝彼女〟なんだよ」

「……やっぱり、そうか」

風見は、ニッコリ微笑み、その場を後にした。

僕は勝手に決めて『怒ってるんじゃないか?』と、留奈の顔色を伺った。が、留奈は照れくさそうに微笑んでいるだけだった。

僕は、ケガをして以来、留奈の本当の優しさにふれ、また、留奈の気持ちをこれ以上放

ッておく訳にはいかなかった。

いつも当たり前のように、僕のそばにいてくれた留奈。そして、本当はそんなに強くない僕は、留奈の言葉に何度も励まされた。

そう。僕自身も、誰よりも留奈が大切だという事に、心のどこかで気づいていたのだ。

風見と別れた後、僕らはまた縁日をぶらついていた。そして、例のペンダント屋の前に来た。――すると、小さい子供が店先で、

「これ、本当に効くのかなあ？」

と言っているのを聞いた留奈が、

「効くよー。お姉ちゃんも、昔それを買って夢が叶ったのよ」

と、子供達に言い聞かせ、店屋のおじさんに礼を言われていた。

帰り道。留奈が不意に、ニッコリ微笑み、腕を組んできた。もう昔のように、「辞めろよ！　留奈。恋人同士と疑われるだろ」と言えなかった。

――ミーン。ミーン。ミーン。ジッジッ。

「達哉ー。夜なのにセミが鳴いてるよ」

「そうだな。……留奈、お前の夢って、何だったんだよ？」

「達哉の彼女になる事。だって達哉、全然気づいてくれないんだもん」

留奈は、半分怒ったように言った。そう、僕は昔からそういうことに鈍感だった。が、照れ隠しに言った。

「夢が小さいんだよ」

「小さくないよ。だって達哉は、地元のヒーローで天才投手でしょ。……達哉は？」

「え？　俺？　まあ、留奈には色々感謝してるよ。お前は、優しいしな」

「でしょっ。達哉は幸せ者ね。こんなに美人で、優しい彼女ができて」

留奈に、僕の性格が染まっていくようだ。


夏の甲子園大会が始まる頃。練習は激しい太陽の下毎日行なわれ、練習試合がいくつも組まれてみんな真っ黒に焼けていた。

僕の膝は、一年以上経っているのに少し楽になっただけで、一向に完治する様子はなく、長距離走ができず、課題の下半身は全く鍛えられなかった。

そして、八月の下旬。やっと、待望の投球許可が下りた。

春の選抜出場を賭ける秋季大会の組み合わせも決まった。が、運の悪い事にウチの試合は大会の初日だった。日時は、八月二十八日。さらに運の悪い事に、相手は翔星だった。

僕は、軽いピッチングを始めたところなので、登板は諦めた。幸い、松木が夏の走り込みの成果が出て、好調を持続していた事もあり、松木にすべてを託した。

ところが、試合前日。

近藤が発表した先発投手は僕だった。ナインも僕も、信じられなかった。僕はまだ、調子が完全ではなかったから。が、僕は〝エースの美学〟通りに、不安そうなナインに、

「任せておけ」と、虚勢を張った。

近藤は、ヒジに不安の残る僕を投げさせ、潰すつもりなのだ。

留奈も、そんな近藤の企みに気づき、不安を抱いて僕を諭しにきた。

「達哉、投げられないって、素直に言えば？」

「俺はエースだから、投げろと言われれば投げるぜ。……ヒジがぶっ壊れてもな」

そう言うと、留奈は悲しそうな顔をし、

「……違うと思うな。投げられない時は『投げられない』って素直に言えるのも、エースだと思うな。周りの人に迷惑をかけないためにも」

「……」

『留奈の言う通りだ』と、僕は思った。が、近藤に背中は向けたくない。僕は、真剣な表情の留奈に応える事ができずに、ずっと青い空を眺めていた。


　この年は残暑が厳しく、まだ真夏の太陽がグラウンドを焦がしていた。セミが大声で鳴きまくる中、翔星との試合は始まった。来春の選抜への第一歩の——。

　この日も、気温は三十八度を記録し、夏の終わりというのに真夏そのものだった。

　そんな中、僕は久し振りに……そう、二カ月振りに僕の『聖地』であるマウンドに立った。投げる前に覚えていた不安は、再びマウンドに蘇ることのできた嬉しさで消え去り、涙が零れ落ちそうになった。

　八月も末になるというのに、この激しい太陽にも感謝した。『夏は、俺を待っていてくれたんだ』——僕に恐いものはなくなり落ち着いた。ふと、応援席を見る。留奈がいる。が、今までの練習試合では大勢いたプロのスカウトは、二、三人しかいなかった。

　僕は〝スカウト〟という人を信用していなかったし、大人の駆け引きと瞳が嫌いだったので気にも留めずに、『今に見てろ』と燃えた。

　そうして僕は、ケガから立ち直り好投を続けた。選抜を目指して。

達哉のヒジは奇跡的に回復しており、病み上がりにもかかわらず、うだるような暑さの中、見事に九回を〇点に抑え、留奈の心配を杞憂に終わらせた。プロの眼と違い、傍目から見れば『快腕・御園達哉、復活』を思わせる内容だった。達哉は、ダテに『天才』の異名は取っていなかった。

試合は〇対〇のまま、延長戦に突入した。元々スタミナに不安があり、ましてやヒジの状態が万全ではない達哉は、もう限界にきていた。そんな達哉を見兼ねて、一馬が近藤に提言した。

「監督！　御園を代えてください！　このままだと、アイツは……」

「エースは一試合投げ切るものですよ。……フフフ」

一馬は、近藤のその無気味な笑いに、暑いのにもかかわらず寒気を感じた。そう、近藤は達哉を潰すつもりなのだ。目障りな達哉を……。

そして十五回の裏、翔星の攻撃。ランナーを置いて、クリーンナップに打順が回った。近藤の指示は……やはり、敬遠だった。僕はもちろん、拒否した。『逃げてばかりだと、何も得られない』と。そして『大事なのは選抜ではなく自分を試す事だ』と。

伝令は「もし打たれたら、君が持っている権利を剥奪する」という近藤の言葉を伝えたが、勝負できるならば、そんな偽りの自由はどうでもよかった。

もう限界を超えていたにもかかわらず、僕は僕の美学を守り通した。心配そうに見守る留奈の視線にも気づかずに……。倒れそうになる自分を必死に励まして。

が、勝負は非情だった。疲れでもうろうとする意識の中、僕は鋭い金属音を聞き、小踊りしてホームインするランナーを見た。しかし、僕は試合に負けた事よりも、最後までもってくれた自分の左腕に感謝した。


夏真っ盛りの夏休み中に、僕達の『秋』は早くも終わりを告げた。そして、近藤の、達哉を含むほとんどのナインへの嫌がらせは加速した。

燃え盛った夏が終わり、秋の気配を風で感じ始めた頃。僕は、近藤に自由を奪われたが、好きな野球を……ピッチングをできる喜びに浸っていた。

だが、近藤の僕やナインに対する嫌がらせは酷くなる一方で、小沢は何度も殴りかかろうとした。それでも僕は、明るく、楽しく、野球をする事を心がけた。


めっきり秋めいた頃。僕のヒジは、痛まなくなっていた。しかし、僕は典型的にヒジを起点に腕を弓のようにしならせ投げるタイプだったので、必要以上にヒジをかばっていた。その上、下半身も弱っていたため、自分本来の快速球が投げられなくなり、次第に打ち込まれていった。そして、エースとして〝速球派〟のプライドを捨て、チームのために落ちる球をマスターする事にした。

もちろん、心の中では、『俺の季節になる頃には、快速球を復活させてやるぜ』との決意を秘めてはいたが。僕は〝ストレート勝負〟へのロマンを捨てられずにいた。

表面では明るく振る舞っているが、本当は苦しんでいる達哉を見て留奈は、

「どんなに辛く苦しい状況でも、達哉君は野球をする事に楽しさを感じられる男だ」

と言った、父の言葉を思い起こしていた。

留奈は、勝てなくても、どんなピッチングでも、達哉が楽しそうに野球をしてるだけで充分だった。本当に、留奈の心を満たしていたのは、瞳を輝かせて、夢を追い続けている達哉の姿だった。

日暮れが早くなり、練習の終わりになると肌寒くなってきた頃。近藤のナインに対する……特に、僕に対する嫌がらせはエスカレートしていた。だが、僕達は、それに負ける事

なく、

「白は白。黒は黒」

と、ハッキリ言っていた。

社会に出ると、それでは通用しないかも知れないから、せめて学生の間は白黒をハッキリとつけたかった。それに、つけなければ納得いかなかった。若さの特権だ。

そんな中、僕は課題の落ちる球をマスターした。

プロでも難しいと言われるフォークボールを一球で決めた僕に、ナインは驚き、近藤は絶句していた。

「もう一球だ！　来い、御園！」

小沢は興奮して叫ぶ。が、まぐれではなかった。何球投げても、綺麗に落ちる。

どよめくナインを尻目に、留奈はいたって冷静だった。『達哉なら、これくらい当たり前よ。シニアの時も、一球でカーブをマスターした、天才なんだから……』と。

フォークをマスターしたとはいえ、僕はストレートをピッチングの軸にしていた。球速は一向に上がらなかったが、〝エースらしい〟ピッチングはしていた。

勝たなければならなかったのだ。負けると、近藤のナインに対する嫌がらせは、エスカレートしていくのだから。

どうやらこの頃、近藤は一勝するごとに、理事長に金一封をもらっていたらしい。そして、いくら嫌がらせをしても僕がこたえなかったため、負けると、僕以外の、特に親友の一馬に嫌がらせを繰り返した。

僕は、ナインのために、そして、エースの意地で負ける訳にはいかなかった。


強豪・桐稜との練習試合。僕は、カーブとフォークで桐稜打線を抑え、五月の試合の借りを返し、勝利を収めた。が、試合後、桐稜の監督は、僕に言った。

「御園君。スケールが小さくなったね」

負け惜しみだろうが、ショックだった。……確かに達哉は、スケールが小さくなっていた。フォークを覚えて以来、三試合連続完封を続けていたが、プロのスカウトは一人も姿を見せる事はなかった。

粗削りなその快速球が達哉の魅力だったから。プロの眼は正しかった。完治したとは言えヒジに爆弾を抱えていたのだ。

しかし、達哉は野球の申し子だった。そして、天才が故に勝ち続け、自分を苦しめた。

天才である事が、マイナスに出ていたのだ。

それでも達哉は〝エースの美学〟を守り通した。


桐稜との試合後。僕は留奈と、定期検査のため、病院に向かった。

「相変わらず、勝っているそうだな」

「はい。今日は、桐稜を完封したんです」

僕が自慢げに言うと、医者はカルテを見る手を止め、驚いた表情をしていた。

「そうか……。あ！　いい知らせがあるぞ。膝はもう大丈夫だ。人並みに走ってもいいぞ。走って、走って、下半身を鍛えなさい」

「本当ですか！　先生！」

医者は、力強くうなずいた。留奈は、自分の事のように大はしゃぎしていた。

「良かったね！　達哉。これで、もっと速い球投げられるね！」

「おう。サンキュー、留奈」

「先生。達哉ね、フォークボールもマスターしたんですよ。凄いでしょ」

その留奈の言葉を聞いた時、医者の不可解な表情を僕は感じ取っていた。

「先生……どうかしたんですか？」

「ん？……フォークは、投げない方がいいな。……それだけ、ヒジ痛はやっかいって事だよ」

「先生！　本当の事を言ってください！」

僕の言葉に、医者は重い口を開いた。

「君は、知らず知らずのうちにヒジをかばってただろ。しかも、慣れないフォークを多投して、痛めた靱帯が弱っているんだよ」

「靱帯が？」

「ヒジ痛は治っても再発しやすいから、用心しなさい。幸い、もうすぐポストシーズンだ。冬の間に、しっかり走り込みなさい」

医者のその言葉に嘘はなく、僕らはホッとした。

僕は、次の日から走り込みを始めた。ナインは、一様に驚いている。

「おい、御園が走ってるぞ」

僕は、今までの分を取り戻そうと、必死に長距離を走った。練習が始まってすぐロードワークに出て、練習が終わるまで帰って来ない事は日常茶飯時となっていた。

「徹底的に下半身を鍛えて、鋼鉄のヒジ・肩を作ってやるぜ！　そして、いつか……」

そんな僕の姿に、留奈は僕と同様に明るく豊かな未来を感じていた。


この年は、冬の訪れが早かった。僕のもっとも嫌いな季節、冬。鉛色の空が〝閉じ込められた世界〟を連想させる。が、秋よりは夏に近い。

今シーズンの最終戦は、僕の嫌いな冬の風が吹いてるような気がした。

僕は、桐稜の監督の言葉に反省したのと、医者の助言により、フォークを封印してストレート一本のピッチングを続けた。

ポストシーズンに入ってからは、大半の高校と同じく、ウチでも投手は冬の間はボールを握らずに、走ってばかりいた。

もっとも、近藤はそんな事も知らずに、僕と松木に投げ込みを命じたが……。

期末試験が終わると、校内の話題はクリスマス一色だった。近藤が、意外と遊び好きだったせいか、冬場の練習はイヴの日以降、行なわれない事になった。

イヴの日は、終業式という事もありチームメイトは「彼女とデートだ」とか「クラスメイトとパーティーだ」と、はしゃいでいた。

そんな中、僕は一人グラウンドを借りて、いつも通りの練習をしていた。ここでやった方が気合が入るからだ。

そんなとき、ベンチに忘れ物を取りに一馬が来た。一馬は、誰もいないグラウンドで、体から湯気が出るほど走り込んでいる僕を見て驚いた。

「よお、一馬。パーティーじゃなかったのか？」

僕は、走り込みを止めて一馬に近寄った。

「ああ、クラスの奴とな。お前、大橋とデートしねえのか？」

「今晩、留奈の家のパーティーに招待されてるんだ。でも、昼間はいつも通り練習だ」

「何でそんなに一生懸命するんだ？　お前は、天才だろ？」

一馬は、不思議そうに質問してきた。

「夢のためかな……」

「夢？　お前の夢は、何なんだ？」

「とりあえずは、甲子園だな。一馬、お前もそうだろ」

「え？　ああ、一応な。……御園、本気なのか？　甲子園」

「本気さ。一馬、夢は見るもんじゃないぜ。実現させるものさ。そのためにこうして、イヴを返上して走ってんだよ」

「誰のための夢だ？」

「もちろん、俺のためさ。……その次が留奈で、次が世話になった高原監督かな」

「そうか……。せっかくのイヴなのに、大橋と朝から遊びたくねえのか？」

「別に。みんな『デートだ』『パーティーだ』って浮かれてるけどさあ、クリスマスはこれから先、何十回でも来るじゃねえか。でも高校野球ができるのは、たったの三年間だ。何でみんな練習しないのかな。夢を実現させたくないのかなあ……。あっ、悪りい！　お前の事言ってるんじゃねえぜ。じゃあ、俺、練習続けるよ。一馬。早く行かねえとパーティーに遅刻するぜ」

一馬は、言葉が出ないほどの衝撃を受けていた。自分はただ、ぼんやり夢を見てただけだと。いや、このチームで甲子園なんか無理だとも思っていた。

「夢は実現させるもの、か……」

僕が再び走り出すと、後ろから一馬が学ランを脱いで走ってきた。

「御園！　俺も付き合うぜ。夢のために」

「いいけど。……お前、パーティーどうするんだ？　約束してるんだろ？」

「いいさ。……クリスマスは、何度でも来るからな」

やはり一馬は親友だった。僕は、一馬を誘ったわけではない。なのに、一馬はパーティーより僕と練習する事を選んだ。

そして、二人で走っていると、突然一馬が言ってきた。

「お前が投げてると、負ける気がしねえんだよ。お前が言うと、どんな大きな事でも叶いそうな気がするんだ。……不思議な男だよ。お前は」

そして、一馬は伏し目がちに続けた。

「お前がいるからみんな、近藤に嫌がらせされても我慢できるんだぜ。……お前がやめたら俺も、いや、みんなやめるぜ」

「じゃあ、簡単にやめられねえな」

「全く羨ましい奴だぜ。男にもモテて、その上、大橋みたいなかわいい彼女までいやがって……」

この時初めて、一馬は『留奈に惚れてるのか？』と、感じた。

次の日も、僕はグラウンドに行った。

すると、ほとんどのナインが集まっていた。『みんな、野球が好きなんだ』と、嬉しく思っていた。

長い冬が終わりを告げ、春の優しい風を体一杯に受け始めた頃、ポストシーズンは終わり、練習試合が解禁された。

そして、今シーズン初めての練習試合が、春の陽射し溢れるウチのグラウンドで、泉里を迎えて行なわれた。

昨シーズン。新設校ながら、私立の強みもあり、練習試合で高い勝率を残し、今年は二年生主体ながら評判の好チームとなっていた。

施設もさらに整備され、「今年はやれる」と、誰もが期待に胸膨らませていた。理事長は、すっかりその気で、近藤への金一封も増やしていたらしい。

だから、余計に、近藤は勝利に拘った。

僕はなぜ、理事長ほどの人が、金で近藤を操るのか分からなかった。やはり、大人の世界は金なのか?

そんな思いの中、試合は始まった。僕は、ポストシーズンの間、一回もボールを握らなかったので、この試合が〝ぶっつけ本番〟で、多少の不安はあった。

が、マウンドに上がると、そんな不安は吹っ飛んだ。ここはやはり僕の『聖地』だ。この試合。泉里相手に、僕はストレート一本の投球をした。なにしろ、四カ月振りのピッチングだ。ストレートのスピードよりも、球の回転を確かめたかった。そして、冬の走り込みのせいか、コントロールもずいぶん良くなっていた。

しかし、去年の雪辱を晴らそうと意気込んでいた泉里に、そんなストレートが通用する訳もなく、連打された。打たれても、打たれても、涼しい顔をしている僕に、ナインは不思議そうな顔をしていた。が、留奈は僕の真意を理解しているらしく、僕と同様に涼しい顔をしていた。

もっとも、近藤はかなりイライラしており、何度も、

「フォークを投げろ」

と指示した。

しかし、僕はストレートを投げ続けた。意地になって……。試合は、七対三の大差で敗れた。が、打たれはしたが、ストレートの伸びを感じたし、後半にはスピードも乗ってきた。僕は、この試合で手応えを掴んでいた。

試合後のベンチで、近藤がすごく冷酷な目つきで、

「後で、監督室に来るように」

と告げた。

近藤は、本田に達哉を説教させ、達哉を怒らせて退部に追い込むつもりだった。もちろん、本田は反対だったが、近藤には逆らえなかった。

そんな近藤の思惑も知らずに、僕は監督室に向かった。

——コン、コン。

「入りなさい」

初めて入った監督室は畜生臭かった。部屋には、近藤と本田が座っていた。……冷たい瞳で。そして、近藤に促され、本田が口を開いた。

「御園、何だ今日の投球は。ストレートばかり投げて」

「……俺は、元々速球派ですから」

本田は、なぜかためらっているようだ。

「ストレートで押すのもいいが、チームの事も考えろ。エースだと言うんなら、ストレートばかりじゃなくてカーブやフォークを混ぜたり……。もっと、駆け引きをしなきゃいけないだろ」

「駆け引きなんて、年のいった投手がするもんですよ。若いうちは、駆け引きなんてしたくないですね。それが、俺の美学です」

そう……それが僕の〝エースの美学〟だ。

本田は、近藤の顔色をうかがっていた。近藤は……薄笑いを浮かべていた。

「駆け引きを覚えて変化球主体にしろ。これは、監督と俺からの命令だ」

「俺のストレートじゃあ、通用しないって言うんですか！」

「そうだ！」

この時、不穏な空気を察した。と共に、本田の顔に悲しみが見えた。が、それでも僕は、かたくなに主義を守り通した。

「ストレート勝負できなくなる時は、俺が死ぬ時だ！　投手として、死ぬ時だ！」

近藤と本田は、ビックリして黙り込んだ。

『こいつ……この眼は、獲物に飢えた狼の眼。また、この眼をしやがって……』

近藤は、達哉のその眼に恐れをなし、退部させる目的を果たせなかった。

そして、僕が監督室から出た数分後、近藤が、重い口を開いた。

「本田。見たかあの眼。恐ろしくて私は何も言えなかった。まあ、そのうち辞めさせてやるがな」

『御園……すまん。俺は、監督に逆らえんのだ』本田は、内心ホッとしていた。

僕が、監督室から出ると、留奈が待っていた。

「何を言われたの？」

クリスマスイヴの夜。僕達は、隠し事はしないと約束したので、素直に言った。

「ストレート勝負はやめて、駆け引きを覚えろってな」

「で、達哉はなんて言ったの？」

青い春の空を見上げながら、留奈が聞く。

「ノーに決まってるだろ。俺は、野球も人生もストレート勝負だぜ。バカだからな……。駆け引きなんか、高校生のうちから覚えなくてもいいんだよ」

留奈の顔は、この日の空のように晴れ上がった。

「うん！　達哉の言う通り。いつまでも、そういう主義、大切にしてね」

そう言った留奈は、春の妖精に見えた。

二年になった僕達は、三度目の公式戦、春季大会を迎えた。初戦の相手は、城光学院。

先発は松木だった。僕はリリーフの用意のため、ブルペンに待機した。

試合は、松木が力投したが、城光の細かい野球の前に四点を奪われた。しかし、ウチの打線も、公式戦初勝利に向けて奮起し、九回表に同点に追いついた。

だが、十回の裏。無死満塁と大ピンチを迎えた。——すると、近藤がスッとベンチを一歩出て、告げた。

「ピッチャー、松木に代わって、御園」

僕は、意気揚々とマウンドに上がった。観衆の大声援が、なお僕を奮い立たせた。

一球目のストレートをいきなり快打された。が、当たりが良すぎてファールになった。

観衆の悲鳴が、安堵の溜め息に変わる。

僕のストレートは、まだ本調子ではなかったが、意地になりまたストレートを投げようとした。

その時、スタンドから、

「達哉!! 頑張って!」

と、留奈の声が聞こえた。ベンチを見ると、松木が祈るような視線で僕を見ている。バックのナインも、

「御園、抑えてくれよ！」

と叫ぶ……。そうだ。みんな、必死に同点に追いついたんだ。この試合、勝たなきゃ。

城光は、僕のストレートを狙っている。

僕は、ストレート勝負のロマンを捨て、チームの勝利を第一に考えた。ヒジの事も考えず……そう。俺はエースだから。

二球目。自我を捨てた僕のフォークに、打者は驚いたようで、計算通りに投手ゴロ併殺打に打ち取り、次打者も、変化球で三振に取り、無死満塁を〇点で切り抜けた。

その時一馬は、ショートの定位置から感激で動けなかった。『御園は、追い込まれれば追い込まれるほど、本当の力を出す男だ』と。

十一回の表二点のリードをもらった僕は、その裏まだ本調子ではないストレートを捨て、チームの勝利のために変化球で勝負をした。

そして、最後の打者もフォークで三振に取り、記念すべき公式戦初勝利を挙げた。

自分本来のピッチングではなかったが、僕は堂々とガッツポーズをしてみせた。と、ヒジがだるく感じた。

変化球を久々に多投したから？　それとも……。が、痛みはなかったから、気にしない事にした。

ナインの歓喜の輪と共に、ベンチに戻ると近藤がニヤついて、

「ようやく君も、駆け引きの大切さが分かりましたか。野球を続けたければ、私の言う事に従うのが利口ですよ」

と言った。その言葉にナインの顔からは笑顔が消えた。

「……今日は特別だ。こんなピッチングは二度とやらねえよ」

僕がそう言うと、近藤はいつもの砂漠のような乾いた声で、

「少しは、大人の世界が分かってきたと思ったんですがねー」

「勘違いするなよ。俺は、大人の眼も、世界も大嫌いなんだよ。そんなもの、覗きたくもねえんだよ！」

二回戦を前に、入学式が行なわれた。今年は、達哉の評判で多くの有望な選手が入学し、鳳南高の戦力はますます充実していった。

そんな期待の新入生が、早くも二回戦の先発を任された。もちろん、近藤の達哉に対する当てつけだったのだが。

新入生の野口は、六点を取られながらも頑張った。が、勝利を意識したのか、最終回に

一点差に迫られ、なお、一死二・三塁のピンチを迎えた。

そこで、近藤は投手の交代を告げた。

僕はこの試合……一回戦の後から、左腕がだるく感じていたので、変化球を投げない事にしていた。『俺は俺らしいピッチングをする。たとえ負けても』と、心に誓ってマウンドに上がった
と、いきなり、近藤からサインが出た。

『敬遠しろ』

ある程度、予想はしていたが……僕はもちろん、勝負した。一年達に、逃げてばかりの野球を教えてはならないと。

が、本調子ではないストレートが通用するはずもなく、いとも簡単に左中間に快打された。……サヨナラ負け。しかし、僕は美学通りに、胸を張ってマウンドから降りてきた。

数え切れないほど出された敬遠のサイン。しかし、それを無視し打たれたのは、今日でたったの二回目だった。それもまた、僕の誇りだったから。

ベンチに戻ると、野口がすまなさそうに、僕に頭を下げた。

「すいません、御園先輩。俺のせいで……」

「気にするな。打たれたのは俺だ」

「でも……打たれて悔しくないっスか?」

僕は、春の陽を浴びながら野口に言った。

「悔しくないさ。堂々と勝負したからな。いいか野口。これが高校野球だ。結果よりも過程が大事なんだ。逃げたら駄目なんだ」

僕は、負けはしたが清々しい気分だった。

逃げなかったから。左腕に異状を感じなかったから。近藤は、怒りもせず無表情だった。それが逆に、嫌な魂胆を感じさせた。


学校に帰ると、近藤は全員を並ばせ、僕に前に出るように言った。みんなの前で叱りつけるつもりなのだろう。

「御園、なぜ、私の指示に従わなかったんですか?」

「逃げるのは嫌いだから」

「フ……。綺麗事ばかり言ってたら、世間は渡れませんよ」

「若いから、綺麗事が言えるんじゃねえか」

見る見る近藤の顔色は、変わっていった。

「ふざけるな！　君のせいで負けたんです！」

ざわめき出した一年生に、さらに近藤は、

「一年の諸君！　よく見なさい。これが、私の指示を無視して打たれた者の惨めな姿です。野球は結果が全てです。御園みたいに、綺麗事を言っていたら勝てません！」

近藤は、僕を晒し者にする事によって、純粋な一年達をその手の中で踊らせるつもりなのだ。僕は、一年達に勝負する事を忘れさせたら大変な事になると思った。

「あんた、それでも教師か！　高校野球は、教育の一環だろ！」

僕の突然の怒りに、一年達は静まり返った。

「……だから、勝つ事を教えているんです。勝てば、それでいいんです」

「違うな。クラブ活動をやってない奴は、バイトとかで社会勉強をしてる。俺達は、それを野球でやってるんだ。だから、逃げる事ばかり教えるなよ！　例えば、大学入試で、『俺は英語が苦手だからやりません』なんて通用するのかよ！　しねえだろ！　社会に出たら、恐くて苦手なものにも、立ち向かわなくちゃいけない時があるだろ！　それを学ぶのが〝高校野球〟じゃねえのか！」

僕は、自分の思想を全て吐き出した。近藤は黙り込み、本田は戸惑っていた。

そして、黙っていた一年達は、

「監督！　御園先輩の言う通りだと思います！」

と言った。その瞳は、輝いていた。

そう。それが、僕の信念だ。逃げるのも時には必要かも知れない。が、逃げてばかりでは何も得られない。プロならともかく、高校野球は、逃げる事より、恐いものや強い者に堂々と挑む事を教えるべきではないか？　逃げて勝つより、挑んで負ける事の方が必要ではないのか？　挑んで敗れ、反省し、跳ね返されても跳ね返されても、挑んでいるうちに人間が成長するものだと思う。

近藤は、達哉に言い負かされ、無言のまま監督室へと消えていった。そこには本田が残された。

「どうして御園は、簡単に人の心を掴めるんだ……」

そうポツリと呟く本田を見て、小沢は、

「御園は、人を引きつける魅力を持った男だ。コーチも気づいていただろう。何で、現実を正面から見ないんですか？」

その小沢の言葉に、本田の心は動いた。まだ、ほんの少しだが。

四月の下旬になると、一年でレギュラーになる者も出てきた。

その頃の練習試合で、僕は勝ち続けてはいたが、試合の次の日になると必ず左腕全体がだるく感じるようになり、カーブの切れも悪くなっていた。

それでも、エースとしてのプライドと、痛まないのをいい事に投げ続けた。だが、それが僕の甘いところだと、後々になって思い知らされる事になろうとは想像もしなかった。

薫風爽やかな五月のゴールデンウィークに入った。

その初日の試合。僕のストレートは久し振りに一四〇キロ台を記録し、速球復活の手応えを掴んでいた。

そして、その試合は四対〇と完封勝ちを収めた。

試合後。試合中は、気合が入っていて気づかなかったが、左腕全体が重くヒジが張っていた。『ちょっと、気合が入りすぎたかな?』と、軽く考えていた。

第二試合を控え、昼食を取っているところに留奈が来て、耳元で囁いた。

「達哉。腕、痛いんじゃないの？」

やはり、留奈には分かっていたのだ。

「痛くはねえよ。重いだけさ」

「……第二試合、休ませてもらったら？」

「大丈夫だよ。第二試合はセンターだから」

留奈はそれでも、不安げな顔をしていた。

この時は、自分の定位置ではないセンターで、とんでもないアクシデントが起こるとは、夢にも思っていなかった。

そして、この日の第一試合を最後に、相手校に「速すぎて見えない」と、恐れられた達哉の快速球は姿を消した……。

第二試合は野口が好投し、初勝利は間違いないと思われた。しかし、再び九回に捕まり、一死、三塁のピンチを迎えた。そこで僕は、野口に、

「俺のところに打たせろ！」

と、センターから叫んだ。

野口は、その言葉通りに後続の打者にセンターフライを打たせた。

僕は、ホームでランナーを殺すため、勢いをつけ思い切りホームに大遠投した。……その時。

——ブチッ！

左ヒジが鈍い音を立て、痛みが走った。

恐れていた事が現実になり、僕はホームがアウトになった事にも気づかず、呆然としていた。

まさか……。城光戦でフォークを多投したから？　それとも……。

そう。僕は城光戦で、勝つ事に夢中になったのと、エースの責任感から、医者の言葉を忘れて、再びヒジを痛めてしまった。

僕は、悔やんでも悔やみ切れなかったので、後悔しない事にした。『やったもんは仕方ねえだろう』と。が、それは強がりでしかなかった。命の次に大事な左腕だ。……正直、ショックだった。

その日は夜になっても、ヒジが『ブチッ』と言ったあの音が、耳から離れなかった。

もう俺は、俺らしいピッチングができなくなるのか？　そして、病院にも行かないと決めた。

この時、初めて〝左回りの時計〟が、欲しいと思った。

達哉のヒジは、限界に来ていた。体のできてない一年の時から素質と才能だけで快速球を投げ続け、知らず知らずのうちにヒジに負担をかけていたのだ。

一度、治ったように思えたヒジ痛は実は完治していなかったのだ。

誰にも期待されずに、また、ケガに気づいてもらえたなら、治療に専念し、投手生命も伸びただろう。しかし、達哉は、あくまでもエースであり続ける道を選び、重傷であることをナインや留奈にひたすら隠して投げ続けた。人はバカと言うかも知れない……が、それが達哉にとっての〝エースの美学〟だった。

ゴールデンウィークの最後の日の試合では、痛みに耐えながら投げた。ストレートは、一三〇キロ台にまで落ちていた。それでも僕は、ストレート勝負のロマンを追い続けた。

それからの僕は、留奈やナインに悟られまいと、いつも以上に明るく振るまい、そのせいか誰にも気づかれずにすんでいた。そう。野球は〝明るく、楽しい〟ものだから……。

中間試験が終わった頃。突然、担任が学校を辞めた。学校側の慰留も聞かずに。生徒達は、喜んでいたが。

それからすぐに、新しい担任が転勤して来た。志水と言う目のギョロッとした、中年の男の教師だ。

志水は、初めての顔合せの時、

「みんな、仲良くやろうや」

と大声で言った。が、誰もその言葉を信用しなかった。今までが、今までだったから。

昼休みに、僕が留奈と食堂で昼食を取っていると、志水がカレーを持って隣に座った。

「隣、いいいか」

と言って、僕らの返事も聞かずに。

「何だ、お前ら恋人どうしか？」

志水は、いきなりぶしつけな質問をしてきた。

「そうですけど。……それが、何か？」

「いやあ、大橋は綺麗だからな。先生の彼女にしようと思ってな。ハッハッハ」

留奈は、志水につられて小さく笑った。志水は、同じB型と言う事もあり、僕とどこか性格が似ている気がした。

「御園。お前、野球部のエースピッチャーだろ？　前の学校でも有名だったぞ。……ここの職員室でもかなり有名だけどな」

「『悪い意味で』でしょ」

志水は苦笑いをし、僕と留奈に手まねきし、耳元で囁いた。

「内緒だぞ。……この学校の先生達は、どこかおかしいと思うんだ。人間らしくないと言うかなあ……」

「そうですね。嫌いなんですよ……。畜生の匂いのする教師は……」

「畜生の匂いか……。うまい事言うなー。お前は変わった奴だな。これから二年間、仲良くやろうや」

そう言ってカレーをガツガツ食べ出した。

畜生の匂いのするこの学校の教師達の中で異色の志水は、日が経つごとに生徒の信頼を集め、職員室では嫌われていった。

その後の練習試合でも、僕は打ち込まれた。自分らしい球が投げられずに。これで連敗だ。

それでも僕は、ナインに大きな事を言い続けた。「俺に任せろ」「ノーヒットに抑えるぜ」などと。

「嘘つき」と言われてもいい。それで、ナインが安心するなら。

しかし、ナインも達哉の異変に気づいていた。が、黙々と投げる達哉に、あえて何も言わなかった。達哉は、自分達のエースだから。

そして、留奈もまた何も言わなかった。


次の週の練習試合。この日もまた、マウンドに上がる前からヒジが痛んだ。痛みは、日に日に酷くなる一方だ。

そして、二回のピッチングの最中、ヒジから『バキィッ！』と言う音と共に、強烈な痛みが左腕全体に走った。ボールは、小沢も捕れないほどの大暴投になった……。

――終わった。

僕はそう思った。守ってるナインにもその音が聞こえたようで、全員がマウンドに駆け寄って来た。

「御園！　何だ、今の音は？　ヒジか？」

僕は、最後までエースでいようとした。

「何でもねえよ。……早く守れ。本当だぜ。嘘だと思うなら、投げさせてみろよ」

ナインは、渋々守りに着いた。そして、二球目――。

「ストラーイク」

……不思議と、ヒジの痛みや重さは消え、左腕は何も感じなくなっていた。

『終わりじゃなくて、始まりなのか？』僕は、希望も込めてそう信じた。信じられなかったが、僕は本来の投球を取り戻した。ヒジも痛まない。ナインの表情も、五月の空のように晴れ上がった。そして、留奈の表情も。

スピードこそないが、切れのいいストレートで押しまくり、相手打線を封じ込めていった。が、何を思ったのか、小沢がマスク越しに涙を流し、そして、

「御園……。ナイス・ボール！」

と言って、涙を拭いながら僕にボールを返してきた。

「当たり前の事言うな！　俺はエースだぜ！」

小沢の涙の訳も知らずに、僕は堂々と言った。僕らしく。

そして、八回裏の攻撃中、一馬が打席で空振りをした時、

「ウッ！　痛っ！」

と、うめき、手首を押さえ打席内に倒れ込んだ。僕の、

「大丈夫か、一馬！」

と言う声も耳に入らないほどの痛みのようだ。

ナインも、心配して駆け寄った。が、近藤は非情にも代打のコールを告げていた。

相手の最終回の攻撃も〇点に抑え、一二〇キロそこそこのスピードで見事に完封勝ちを収めた。

しかし、ナインに笑顔はなかった。一馬が心配だからだ。僕も、自分の完封勝ちも忘れ、慌てて一馬を僕と同じ病院に連れて行った。


病院に着き、一馬は早速診察を受けた。

医者は、一馬の手首を右に左に動かして、軽く微笑んだ。

「腱鞘炎だね。かなり、素振りしてただろ？」

一馬は、軽い症状に呆気にとられたように、

「はあ。……毎日、千回ほど……」

「千回？　一馬、何でそんなに、無茶苦茶するんだよ！」

僕は、一馬の言葉に驚き感心した。『こいつ、そんなに練習してたのか』と。

「いや……。調子の悪かったお前の役に立とうと思ってな。高校に入ってから、お前にオンブにダッコだったからさあ」

『俺は、いい友達を持ったな』と、感激していた。

「とにかく、毎日千回は振りすぎだ。しばらく、バットは握らないようにな」と突然、医者が苦笑いをしながらそう言った。そして、僕に向かい、

「御園君。君のヒジも診ておこうか」

僕は『治っている』と思っていたが、無性に嫌な予感に駆られていたから、

「いえ……。今のところ、痛くもないしいいです」

と断った。が、一馬が、試合中に発したヒジの音の事を思い出して、診察を勧めてきたから、僕は仕方なく診てもらう事にした。『何でもない』と、信じて。

ところが、レントゲンを撮り終えた後の医者の表情は、ただならぬものだったので、僕も一馬も事態の大きさを察した。

長い沈黙が続いた。そんな雰囲気に耐えられなくなり、僕から口を開いた。

「ヒジが、どうかなってますか？　それとも、膝ですか？」

「……」

「先生！　ハッキリ言ってください！」

医者は、その重い口をやっと開いてくれた。

「正直に言おう。ヒジを疲労骨折してる上に、靱帯の一部が切れている。……もう、投手はできないよ。いや、野球も止めた方がいい！」

「………」

「嘘だ！　嘘でしょ。先生！」

その衝撃的な言葉に、僕よりも先に一馬が叫んだ。

「嘘じゃない。私も、嘘だと思いたいんだ」

僕は、衝撃で倒れそうになる自分を必死で支えて、僕らしく強がった。

「落ち着けよ、一馬。興奮するな」

一馬は、泣き顔のまま黙った。そして、医者は僕に言った。

「御園君。ヒジから音がしなかったか？」

「しました。今日を含めて二回」

「そうだろ。で、その後、打たれた。……いや、投げられなかっただろ？」

その時、一馬が泣き声で言った。

「……御園は今日、完封勝ちしました……」

医者は絶句した。普通なら、投げられないほどヒジは壊れていたのだ。痛みが消えたのは、治ったからではなく、痛みを通りすぎたからだった。

「先生……悪いですけど、俺は野球を、投手を止めませんよ」

「いかん！　本当にヒジが、曲がったままになってしまうぞ！　将来の事も考えろ！」

「ありがとうございます。でも、俺はエースですから。……これで、心置きなく野球に専念できます」

力強く言った僕に、医者は何も言わなかった。そして、僕は帰り際に言った。

「先生。ひとつお願いがあります。留奈には、黙っていてください。アイツの悲しむ顔を見たくないんです……」

医者は、僕の真剣な瞳に、「絶対言わない」と約束してくれた。そして、

「君が、希望通りに名門私立に進学していたら、じっくり膝を治し、球界を代表する投手になっていただろうな」

「先生、野球に『たら・れば』は禁句ですよ。それに、いくら名門でも、僕みたいな天才

は放っておいてくれませんよ」

僕は、笑顔でそう返答した。

それから、僕達は非情の宣告を受けた病院を後にし、

「なあ、一馬。留奈には黙っといてくれよ」

「分かってるよ。約束する」

「あ、それと近藤にも言うなよ」

「……あんな奴でも、一応監督だしな。言わねえと、また誤解されるぞ」

「いや、近藤には、弱みを握られたくないしな。アイツはきっと、俺のケガを知れば退部させるな。自分からやめるのはいいけど、近藤にやめさせられるのだけは、絶対嫌なんだ」

「……どっちでも、一緒じゃねえか？」

どうやら一馬は忘れているようだ。

「一馬、俺のモットー覚えてるか？」

「『明日は明日の風が吹く』か？」

「違う。もうひとつの方だ！」

「『いつも明るく、カッコ良く』……か？」

「そうだ！　やめさせられるのは、カッコ悪りいだろ。だから、嫌なんだ」

一馬は、病院から出て初めて笑った。

「分かった。近藤にも言わねえよ。でもさあ、またお前と野球がやれて楽しかったぜ」

「ちょっと待て。まだ誰もやめるとは言ってないぜ。やれるところまでやってみるさ。ゴールなんて見えない方が気楽でいいさ」

「ふっ。お前らしい意見だな。だが、これだけは覚えといてくれよ。お前がやめる時は、俺も一緒だって事をな」

僕は、微笑むだけで返事をせずにいた。秘められた素質のある一馬を、巻き添えにする訳にはいかないから……。


家に帰ると、慌てて病院に行ったためユニホーム姿のままの自分に気づいた。クリーム色で胸に欧文の筆記体で『Ｈｏｎａｎ』と書いてある、シンプルだがカッコいいユニホーム。僕は、このユニホームが大好きだった。が、このユニホームを着られなくなる日も、遠くはなさそうだ。

そんな事を考えていると、試合中に流した小沢の涙の意味が分かった。小沢は、全て気づいていたんだ。

その時、つけっぱなしのテレビから、天気予報が耳に入った。

『長期予報です。今年は梅雨が短く、夏の訪れが早くなり暑くなるでしょう――』

次の日から僕は、ただただ野球にのめり込み、周りの事が見えなくなっていた。明るく、楽しく。いつ終わるか分からない野球人生に、心置きなく没頭し、先の見えないゴールにただ突っ走っていた。

いつの頃からか、人は僕の事を〝天才投手〟と呼んだ。また、自分でもそう公言していた。

天才と言われて、嬉しかったから。そして、天才を演じきり天才の名に恥じぬように、人前でよりも陰で練習をした。

〝天才〟とは、練習をしなくてもできる選手。

努力して上手くなる選手は〝秀才〟だと思っていた。僕は、天才でいるためにユニホームを汚すのを嫌い、試合結果と明るさで、ナインの信頼を得ていった。が、本当は〝天才ではない〟と、自分で知っていた。

しかし、達哉は本当の〝天才〟だった。

カーブやフォークをたった一球でマスターし、そもそも、一年時から、相手校の監督に恐れられプロの注目を集め、強豪校相手に完全試合を達成したり、無失点記録などを作った事自体、天才の名にふさわしかった。

そして、投げられないほどのケガをしながら、完封して……。達哉は、紛れもなく誰もが認める〝天才〟だった。

その後の練習試合では、たかが一二〇キロ台のストレートだが、気迫だけで相手を抑えていった。

そのもの凄い気迫に、相手もまた味方も驚いていた。達哉は毎試合、『これが最後だ』と覚悟を決めてマウンドに上がっていたのだから。

そのピッチングは〝気迫〟というよりも〝悲壮感〟に溢れていた。

留奈は、そんな達哉のピッチングに、いいようのない不安感を抱いていた。

そして、ベンチで見ていた一馬は、喋りかける隙さえ見せずに、夢中で投げ続ける達哉に疑問を抱いていた。『医者に、もう投げられないと言われたのに、ここまで〇点に抑えてやがる。御園をここまで駆り立てるものは何だ？　大橋に対する愛情か？　それとも、近藤を含む、周りの汚い大人達に対する怒りを野球にぶつけての異常な気迫か？』

確かに、一馬の考えた通りだった。が、それだけではなかった。達哉を一番駆り立てたものは、野球を愛する心と、エースとしての責任感だった。

そして、この試合もヒジのケガを感じさせない躍動感溢れるピッチングで、完封勝ちを収めた。

ヒジの感覚はマヒしていたが、人一倍強いリストと、体のしなやかさを利用して。……達哉は、やはり〝天才〟の呼び名にふさわしい男だった。

そんな試合が、数試合続いた頃。留奈は、病院を訪ねた。達哉の様子を不審に思って。そして、医者は、『達哉はひどく悪いんでしょ』と、問いつめる留奈に、達哉との約束を守り、『いや……強いて言えば、膝が少しな』と嘘を言って、留奈を納得させた。

天気予報通り、六月だというのに雨が降らず、太陽が輝いていた頃。僕らにとっては二度目の水無月杯が、オープンしたばかりの中央球場で始まった。

昨年、準優勝のウチは、一回戦をシードされ二回戦。松木の好投で、四対三とリードした九回に、僕はマウンドに上がった。そう。それは僕の独壇場となった……。

中央球場は、全面人工芝という事もあり、マウンド上は異常に暑かった。それにしても、この夏日の中、セミは鳴いていなかった。

野球を始めてから、夏の始まりを告げるはずのセミの声は、僕にとっていつも夏の終わりを告げていたから、心のどこかで『セミよ、鳴かないでくれ』と、願っていた。

翌日。公立の新興・美里丘との準決勝が行なわれた。この日の先発は野口だった。が、一回に早くもつかまり、一点を取られなお一死満塁のピンチで、僕がリリーフを告げられた。

満塁の大ピンチだったが、やはりマウンド上は居心地が良かった。僕は、セミこそまだ鳴いてないが、暑い夏のマウンドに立ち青空を見上げ、思いっきり夏の空気を吸った。

この時、僕はまさかこの試合が最後の登板になろうとは夢にも思っていなかった。

長年、愛し続けた投手生活に、別れを告げようとは……。

僕は、集まってきたナインに、

「併殺打に取るぜ」

といつものように自信満々に言った。

その頃、スタンドで観戦していた志水は留奈に、

「大橋、見てみろ。御園がマウンドに立った途端に落ち着いたナインの表情を。奴はナインに相乗効果をもたらす大事な人間なんだな」

「そうですね。達哉は、みんなの精神的な柱なんですね。……いなければいけない人なんですね……」

『留奈にとっても、達哉は精神的柱だよ。達哉がいなければ留奈は……』

「どうした？　寂しそうな顔して」

「……いいえ。別に」

留奈はその時、早い雲の流れに嫌な予感がした。

その後、僕は言葉通りに併殺打に打ち取って、その回は一点で切り抜けた。

六回表。僕と小沢の長打で、一対一の同点に追いついた時、雨が落ちてきた。

そして迎えた七回表。バント処理を誤った美里丘の投手、田口が、雨に濡れた人工芝に足を取られひっくり返った。どうやら、ネンザしたようだ。

『ネンザか。……もう、投げられねえだろうな』と、僕が思っていた時、田口が、足を引き摺りながらベンチから出てきた。

美里丘は公立で選手層が薄く、代わりの投手がいないのだ。スタンドからは、大拍手が起こった。

が、雨の降るマウンドで足を引き摺りながら投げる田口に対し、近藤は非情にもセーフティーバントのサインを出した。

ナインは、口にこそ出さなかったが同じことを思っていた。そこで、僕は、

「ちょっと待て。せこい野球するなよ。相手は、足をケガしてるんだぜ」

と、近藤に抗議した。すると、近藤は、

「相変わらず甘いな。試合に出てる以上は、ケガしているとかは言い訳にならないんですよ。敵に同情は禁物です」

「……」

近藤の言う事も一理ある。しかし『勝つ事だけが野球なのか？　もっと大事なものが……』と、腑に落ちない気持ちでいっぱいだった。

どんな汚い事をしても勝つ。近藤の勝利に対する、いや、金に対する執念は異常なほど

だった。

後になって判明するのだが、理事長は金で近藤を操っていたのではなく、近藤が、「勝ったら選手に、ポケットマネーでご飯を食べさせてるんです」と言った嘘の話を信じて、ナインに内緒で金一封をあげていたのだ。

近藤のバント作戦は、美里丘の必死の守備で実らなかった。が、八回。なおもしつこい近藤のバント作戦は続いた。

『達哉、どうして黙ってるの？　こんな卑怯な野球をさせられて……』留奈は、悲しい気持ちになっていた。

そして、次の打者にもバントのサインを出した時に、僕の怒りは爆発した。

「やめろ！　あんたがやっているのは、高校野球じゃない！　相手の弱みにつけ込む、ただの卑怯者の野球だ！　俺は、そんな野球はやりたくない！」

僕のあまりの大声に、美里丘ベンチもこちらを見ていた。

たしかに甘い考えかも知れない。しかし、僕達がやっているのは高校野球だ。もし相手の立場が自分だったら……。そう考えると黙っていられなかった。

それに、こんな野球は、僕の主義に合わなかった。

しかし、近藤は僕を無視し、バントのサインを再び出した。僕はたまらなくなり、メガホンを握り叫んだ。

「白川、やめろ！　お前は、卑怯者になってもいいのか！　打っていけ！　責任は、俺が取る！」

と、バッターの一年、白川に向かって叫んだ瞬間、近藤が珍しく荒々しい態度で、僕の手からメガホンを奪い取り、いつも以上の冷酷な瞳で言ってきた。

「責任、本当にお前が取るんだな」

その瞳に背筋が寒くなるほどの殺気を感じたが、

「ああ。取ってやるよ！　できもしねえ事は言わねえよ！」

が、僕の「責任を取る」と言う意味と、近藤の主義は根本的に違う事にこの時は気づかなかった。僕は、周りを見ずに燃える癖が直っていなかった。いや、直そうとはしなかった。

その後、ヒッティングに出たウチは、チャンスを作ったが相手の好プレーに阻止され、得点する事ができなかった。

雨が酷くなる中、僕は最終回のマウンドに上がった。これで、愛したマウンドとの別れになる事も知らずに……。

マウンドに上がる時、セミの声を聞いたような気がした。まさか……。こんな雨の中で。空耳か？ やはり、空耳だった。

この回、不思議と、もうスピードが出ないはずの左腕から、いきおいのあるストレートが投げられた。が、僕らしく先頭打者を荒れ球で四球で歩かせ、次打者には止めたバットに当たりライト前にポトリと落とされ、一転サヨナラ負けのピンチになった。

そして、クリーンナップを迎え、近藤のサインはやはり敬遠だった。僕は、最後の反抗をした。

そして、マウンドに全員が集まってきた。

「御園、お前の好きなように投げろよ」

と、一馬が言った。続いて、播本が言った。

「近藤のサインなんか気にするな。俺達は、お前と心中だぜ」

「播本の言う通りだ。俺達の目標は夏だ。夏に向けて、堂々と勝負しようぜ」

高見がそう言い僕の肩を叩く。そして、最後に小沢が、微笑みながら言った。

「俺は、ストレートしか要求しないぜ。どうせ、ストレート勝負なんだろ？」

僕は、ナイン達のそんな気持ちが嬉しくて、涙が出そうになった。『この高校で、野球をやっていて良かった』と。そして、そんなナインに応えるために僕は、

「みんな……サンキュー。よし。じゃあ、最初の三番は併殺打。次の四番を三振に取るぜ」

と、とんでもないシナリオを計画した。

その二球目。僕の思惑通りに、一、二塁間にゴロが飛んだ。ウチの高見、播本は、自慢の一、二塁手だったから、ナインは『併殺だ』と、確信した。

ところが……。雨を吸い込んだ質の悪い人工芝は、予想以上に球足を速め、一、二塁間を抜けていき、右中間の深くまで滑っていった。……サヨナラ負け。

もし、雨が降っていなければ併殺打だった。

しかし、野球に「たら・れば」は、禁句なので悔いはなかった。それ以上に、ナインの言葉が嬉しかったし、最終回のストレートの球威に手応えを感じていたから、清々しい気持ちになっていた。

しかし、僕が高校野球のマウンドに上がる事は、この試合を最後に永遠になかった。大好きな真夏のマウンドを踏む事がないまま。……当然、誰もその事に気づかず、夏の

予選に向け新たな闘志を湧かせていたが。

が、留奈は嫌な予感にかられ、スタンドに挨拶に来た達哉の笑顔を、目に焼きつけるように見つめた。『赤い石のペンダント』を握りしめながら。


試合を終え家に帰ると、「今から、学校に来るように」と近藤から電話があった。

僕が、学校に着くと、「監督室で待っていろ」と告げられた。

監督室に入るのは二度目だった。以前より、畜生の匂いがきつくなっているような気がした。

待つこと十数分……。近藤と本田が険しい表情で来て、近藤がおもむろに口を開いた。

「君は、今日の試合で二度、私の指示に逆らいましたね。それだけではなく、大声で監督批判をし、ナインに動揺を与えました。今日の敗戦は君の責任です！」

静かな監督室に、近藤の声が響き渡った。

「それで？　それで、何が言いたいんだ」

「君は『俺が全ての責任を取る』と、言いましたね。責任を取ってもらいたいんですけど。どう、責任を取るつもりですか？」

僕の責任の取り方とは、次の試合で勝つ事だった。失敗してやめるのは、卑怯者のする逃げだと言う主義だった。それで、僕の主義通りにキッパリ言った。

「次の大会……夏の大会で勝つ事で、責任を取りますよ」

「アーハッハッハ。古くさいテレビドラマのような事、言わないでくださいよ。責任を取るという事は、部をやめるという事ですよ」

僕は、やっと近藤の魂胆が分かった。そして、さらに近藤は、

「まあ、野球バカの君に『やめろ』と言うのは酷ですからね――」

眼鏡をクイッと上に上げ、陰険な笑みを浮かべ、続けた。

「大目に見てあげましょう。そのかわり！　罰として投手をやめ、外野手になりなさい。それと『これから監督に、二度と逆らいません』と誓いなさい。それか、部をやめるかふたつにひとつ！　さあ、どっちにしますか！」

近藤は、どこまでも卑劣な男だった。権力で人を屈伏させようとする男だった。

「………やめてやらあ！　俺が、こんなものに拘っていると思ったら、大間違いだ！」

と言って、僕は着たままだったユニホームを脱ぎ、背番号『1』を剥ぎ取り、近藤に思いっきり投げつけた。

「俺は、俺の主義の野球がやりたかっただけだ！　あんたみたいに人の弱みにつけ込んだり、コソコソ逃げ回ったり……。そんな野球しかやれねえ奴の下で、やりたくなんてねえんだよ！」

僕は、後の事も、ナインの事も考えられずに最後の意地を張った。そして、「何かあったら、俺に任せろ」と言っていたのに、うつむき黙っている本田を指さし、

「あんたも、黙ってるって事は、近藤と同じ卑怯者だ！……それじゃあな」

そう言い残し、僕は監督室を後にした。

何よりも大切な野球だったが、僕は自分の主義を貫き通した。それに、僕は自分の限界を悟っていた。野球生活の最後にマウンドにいれないのなら、野球を続ける意味はなかった。……いつかは来ると覚悟していた野球との別れだったから、悔いはなかった。

学校を出ると、綺麗な夕焼けが映えていた。そして、さきほどまで試合をしていた自分を思い出した。

『みんな……悪りい。こうするしかなかったんだ……』僕は、心の中でそう言ってから、熱を持つ左腕をさすって、

「サンキュー。俺の左腕。お前は最後まで、弱音を吐かなかったな」

自分の左腕に礼を言った、その時……。

ミーン。ミーン。ミーン！

夕焼けの中、今夏初めてのセミが鳴いた。

そう、あの夏と同じだった。その夏初めて聞いたセミの声は、僕にとって夏の終わりを告げるセミの音だった。

その時、監督室で近藤は、達哉を追い出せた事を喜んでいた。『これからは俺の独裁だ。逆らう者は、やめさせてやる』と、卑劣な思惑を抱いて。

こうして、快腕の名を欲しいままにした達哉は、高校野球のマウンドから姿を消した。最後まで、達哉が望んでいた本当のヒーローにはなれず、悲劇のヒーローのまま……。

その日の晩、夢を見た。例の夢を……。天使の留奈が、僕に背を向け立っていた。泣いているのか？　僕は、留奈に話しかけた。

「悪りいな、留奈。もう、許してくれねえよな。逃げたの三度目だもんな」

天使の留奈は、優しい微笑みを浮かべ振り向いた。

「達哉は逃げてないよ。自分の主義を貫いて……。辛いけど、男らしい決断をして、最後まで攻め続けたのよ」

「留奈……」

そして、天使の留奈は夢の扉を開いてくれた。扉を開けると、『エンゼルス』のユニホームを着た織田がいた。

「御園。早くこっちに来いよ」

僕は、その声に誘われ夢の扉をくぐろうとした。すると……天使ではない、本当の留奈が、

「達哉！　留奈を一人にしないで！」

と、背後から叫んだ。

「……留奈。俺は、どうすればいいんだ！」

僕は、汗をびっしょりかき、目覚ましのベルが鳴る前に目覚めた。そして『今日、留奈に全てを話そう』と、決意した。天使の留奈の笑顔を信じて……。

しかし、僕はどう言って告げようか迷い、時間ばかりがすぎていった。授業中も、空ばかり見て集中できなかった。

ふと、時間割を見ると、二限目は近藤の化学だった。どうしても、近藤の顔を見たくなかったし、屋上に出て頭を冷やす事にした。

屋上の扉を開けると、眩しい光が眼に飛び込んだ。ここに来ると、妙に落ち着く。夏の太陽に、この学校で一番近い場所。

色々考えながら歩いていると、今までいった事のない場所を見つけた。

「こんなところに、海の見える場所があったのか……」

僕は独り言を言い、青くて広い海と空を眺めた。夏の真っ青な空を見ていると、嫌な事、辛い事も忘れられる。心が洗われるようだ。コンクリートの床が、太陽を照り返す……、そんな暑さが好きだった。

その時、留奈は寂しげな瞳をしていた達哉と『一緒にいてやろう』と思い、後を追いかけ屋上に向かっていた。

ガン。ガン。

「入ってますか？」

留奈が、屋上の扉をノックしてそう言った。

「入ってます。使用中ですよ」

僕が軽いジョークで応えると、留奈が扉を開け入って来て、

「ワー。こんなところから海が見えるんだね。初めて知ったな」

と、はしゃいだ。そして、一拍おいてから、

「……達哉、ここで何してたの？」

「ん？　近藤の顔、見たくねえからさあ、エスケープしたんだよ。……お前は、早く戻れ」

「留奈も一緒にここにいる。いいでしょ？」

「知らねえぞ。後で怒られても」

口ではそう言ったが、内心ではとても嬉しかった。それから、しばらく沈黙が続いたが、
留奈がニッコリ微笑みながら、

「この場所なら、サボってても絶対バレないね。綺麗な海も見えるしね」

と言った。その留奈の海より眩しい笑顔を目にし、昨晩の天使の留奈の笑顔を信じ、僕らしく単刀直入に話す事にした。

「留奈……。俺、野球部やめたんだ」

留奈は、思ったよりも冷静だった。

「……そうなの。……昨日？」

「ああ。あれから、近藤に呼び出されて『責任を取れ』って、言われてな。俺の考えてた責任の取り方と、近藤の考えは全く違ってたんだ……」

「やめた理由は、やっぱり近藤なの？」

「いや、それも多少ないとは言えねえけど、一番の理由は、俺の主義と違う野球をやらされそうになったからさ。このまま野球部にいたら、俺が俺じゃなくなってしまうような気がしたから。それに、俺らしい球も投げられなくなったしな」

僕は、海を見つめながらそこまで話し、留奈の顔を見た。留奈は、少し微笑みながら言った。

「俺の主義か……。達哉らしい考え方ね」

「悪りいな……。相談もしないで勝手にやめてさ……」

「謝らなくていいよ。達哉のそういう主義、好きだし……。それに、達哉が何の理由もなしに、野球を簡単にやめたりしないって知ってるもん」

留奈は、夢の中の天使の留奈と同じで泣かずに微笑んだ。いや、それ以上にはしゃいでいるようにも見えた。

留奈は、野球に没頭し、自分を見てくれない達哉に哀しさを感じていたのだ。小学三年以来、楽しそうに野球をしている達哉をずっと見てきたので、寂しさもあったが。

「悔いは……ないよね？」

「ああ。美里丘戦のピッチングで、全て吹っ切れたよ」

『そうか……。それで、あんなにムキになってストレートばかり投げてたんだ。自分の終わりに、達哉も気づいてたんだ』留奈は、そう感じ取って励まそうとした。

「そうね。悔いを残したって仕方ないしね。達哉は、最後まで天才だったよ。膝さえ悪くなかったら、絶対プロに行けてたよ。きっと、運命よ」

「……運命なんか信じねえよ。運命は、自分の手で切り開くものだろ。最初から運命なんて、決まってたまるか……。何でも、運命のせいにしてたら、人生がつまらねえじゃねえか」

留奈にとって、いつでも達哉の言葉は勉強になった。

「悪りい。……慰めてくれてるのに」

「ううん。いいの。達哉の言う通りだもん」

ミーン。ミーン。ミーン。

数分の沈黙後、留奈が明るい口調で言った。

「夏、本番ね。達哉の大好きな」

僕は、青い空と海を眺めた。眩しいくらいに青く、哀しげに見えた。

「そうだな……。でも、夏は俺を好いてくれなかったみたいだな」

『そうだ。達哉は、リトルの頃から不思議と、真夏のマウンドに立つ事がないまま野球をやめたんだ』留奈は、達哉が野球部をやめることに薄々感づいていて、悔いを残してない事も分かっていた。が、達哉の心の寂しさも伝わってきて、涙が零れ落ちそうになった。

しかし、『一番悲しいはずの達哉が、泣いてないいんだから自分が泣いちゃいけない』と思い、必死で涙を耐え努めて明るく振る舞った。

「ペンダント、効き目なかったね……。夢、叶わなかったね……」

『赤い石のペンダント』を握りながら、留奈が作り笑いで呟いた。

「まだ、分からねえよ」

「え？　だって、達哉の夢は甲子園でしょ？」

留奈が、狐につままれたような顔をして言った。

「甲子園は、最初の目標なだけさ。夢は、もっと大きなものさ」

「……まさか、エンゼルスに入団する事じゃあ……」

「そんな、ちっぽけな事じゃねえよ」

まっすぐな眼で語る達哉を見て、留奈は『ちっぽけ？ プロになる事が？ 何で？』と、ますます疑問を抱いていた。

「じゃあ、達哉の夢って何なのよ？」

「俺の夢は……大人の眼をした、大人にならねえ事さ。留奈が誉めてくれたように、いつも輝いてる瞳で夢を追いかけたいんだ」

「達哉。……そんなにペンダントの事、大切に思ってくれてるんだ……」

「当たり前だろ。これは、二人の御守りだ。これからは、普通の高校生として楽しむぞー。しょうがねえから、お前と一緒にな」

そう言って微笑む達哉の瞳は、いつものように輝いていた。留奈は、改めて達哉の心の広さに、感心して嬉しく思っていた。

「この海の見える場所、……二人だけの秘密にしようね。約束よ」

留奈は突然僕にそう言って、とびっきりの笑顔で小さな小指を差し出した。

「ああ。約束だ」

そう言って、僕も小指を差し出した。

絡め合う小指に夏の太陽が反射し、まるで二人の永遠を約束しているかのように思えた。

昼休み。小沢が部室に行くと、達哉のロッカーが綺麗に整理され、自分宛に張ってあるメモが眼に入った。

『小沢。短い間だったけど、サンキュー。最高の女房だったぜ。後は頼む』

「御園……」

小沢は、監督室へと走った。

そして、近藤に、

「お前が御園を追い出したんだろ」

と詰め寄った。が、近藤は不敵な笑いを浮かべ、小沢に『1』のゼッケンを放り投げ、

「アイツは、これを捨てて自分からやめたんですよ」

と、言い放った。

「これは、確かに御園の……。許せねえ、許せねえぞ！」

小沢は、込み上げてくる怒りを抑える事ができなかった。

「お前が辞めるように仕向けたんだろ！　御園は、御園は、心から野球と『1』を愛していたんだ。御園の怒りを思い知れ！」

——ガシーン！　ドーン！

小沢は、退学覚悟で近藤を思いっきり殴った。近藤は、椅子から吹っ飛び、床で頭を強打した。

そして、

「こんな事して、どうなるか分かってますか」

と、呻きながら言う近藤に、

「好きにしろ！」

と言い残して、小沢は部室を後にした。

小沢は次の日、職員会議にかけられる事になった。退学を前提とした……。

放課後。僕は、急いで下校した。ナイン達に会う事を避けて。……僕は、ナインに野球をやめて欲しくなかったから、黙って部を去る道を選んだのだ。

自分勝手かも知れないが、僕ができなかった分も、ナイン達には最後まで近藤に負けずに、自分たちの野球をやり抜いてもらいたかったのだ。

その頃。ナイン達は、達哉が練習に出て来ない理由を本田に問い詰めていた。すると、頭に包帯を巻いた近藤が出てきて、

「御園は昨日、退部しました。これが、その証拠です」

と乾いた声で言って、『1』のゼッケンをナイン達に誇らしげに見せた。

それを見せられ、ナインは声も出なかった。それでも、ナイン達は達哉を信じていた。

『奴は、いい加減な理由で野球を捨てる奴じゃない』と。

その時、一馬は「やめさせられたくはねえんだ」と言っていた達哉の言葉が脳裏を掠めた。

ナイン達は、憤りを隠せなかったが普段通りの練習を始めた。明るく、楽しく。達哉の意思通りに。みんな、『最後の練習だ！』と、胸に秘めながら……。

翌日。僕が留奈と、早めに登校すると、僕が来るのを待っていたかのように、二年のナインのほぼ全員が、教室の前に集合していた。僕は『全てバレたんだ』と察した。それにしては、様子がおかしい。

「……お前ら、どうしたんだ？」

「御園、お前、水臭いぞ。やめるなら一緒だって、言っただろ。……一人でやめやがっ

て」

一馬は、半分怒ったように言った。

「……悪りぃな。もう、近藤の下ではやりたくなかったからな。アイツと野球やってると、俺が俺でなくなってしまうような気がしてな。……お前らは頑張れよ。応援してるからさあ」

僕がそこまで言うと、高見がニヤッと笑い、

「応援なんかしても無駄だぜ。……俺達も昨日、野球部をやめたのさ」

誰が言い出した訳ではない。が、ナインの心はひとつだった。

「何でだ？　理由は？」

僕は、驚きと戸惑いを隠せなかった。

「お前と一緒さ。俺達も、近藤の下ではやりたくなくてな。お前がいたから、野球が楽しかったんだ。エースのお前一人をやめさせたりはしねえぜ」

「俺達に近藤の汚い野球をやらせる気かよ。……みんな、お前と同じ気持ちなんだ」

高見と一馬のその言葉に、ナイン達はうなずき笑みを浮かべていた。僕は、心底嬉しくなり、込み上げてくるものを抑えるのに必死だった。留奈もまた、感動で瞳を潤ませてい

た。

そんな時、僕達の元に、『小沢が近藤を殴って、今日の昼休みに退学を前提とした、職員会議が開かれる』という情報が伝わってきた。

僕達はショックを受け、言葉を失った。

そして、三限目の志水の古典の時間。僕は小沢の事を考え、自責の念に駆られていた。『小沢は俺の事で、近藤を殴ったんだ。退学になったらどうするんだろう。俺に、人の人生を左右する権利なんかないはずだ』と。

授業が始まって数十分後。そんな事を考え、窓の外を見ていると……外に小沢が立っていた。

その瞳は決意に満ち、僕を呼んでいるように見えた。僕は迷った。迷って、小沢をジッと見ていた。すると、志水がそんな僕に気づき、何気なく外を見た。

『小沢君！』

志水は、『何やってんだ、御園。早く行ってやれ。授業なんかどうでもいい』と、思っていた。やはり志水は、他の教師達とは違って心の広い人間だった。

そんな、志水の気持ちに僕は気づかなかったが、迷いを捨て決心して、席を立ち上がった。みんな驚いて、僕を見ていた。

「御園。授業中に何してる。どこに行く」

志水は内心、達哉の優しさに満足しながら、建前上そう言った。

僕は、ドアに手をかけたところで、

「友達の一生の問題と、授業を天秤にかけた俺がバカでした。すいません！」

——ガラガラ、ピシャン！

そう言い残し、僕は小沢の元へ急いだ。『そうだ。授業より、もっと大事なものがあるんだ。お前は、それが分かる綺麗な心を持った男なんだ』志水は、達哉の言葉に感動を覚えていた。

小沢の元へ行った僕は、小沢をひとけのない場所へと連れていった。

「悪りい。……小沢。俺のために、近藤を殴ったんだろ？」

小沢は、いつものようにニヤッと笑い、

「まあな。俺とお前は、運命共同体だって言っただろ。それに、お前がいい加減な理由で野球をやめる奴じゃないって、俺は知ってるからな。でも、それだけじゃないぜ。俺も前から、近藤のやり方が気に食わなかったのさ」

「……サンキュー。小沢。……でも、退学問題は、絶対俺がなんとかするぜ」

その時、一瞬、小沢の目に光るものが見えた気がした。

「御園……、サンキュー。でも、もう遅いさ。……今、退学届を出してきたところだ」

僕は、愕然とし、言葉が出なかった。

「何で……、何で、もうちょっと待てなかったんだ！」

「自分からやめる方が、カッコいいって言ったのはお前だぜ。……それに、俺は一度は野球を捨てた男だ。お前の球を受けたくて、野球を始めた。そのお前がいなくなった野球部にいる意味がなくなったし、学校にもいる意味がなくなった……未練も、後悔もないぜ」

「小沢。……これからどうするつもりなんだ？」

「勉強は嫌いだしな。この街を出て働くよ」

『でも』――と言いかけたが、小沢の真剣な顔を見て、それ以上何も言えなかった。……

そして、小沢はポツリと呟いた。

「御園。お前、ヒジを壊してるだろ。試合中に音がした事あるよな。実は、あの時に分かったんだ。あんな音を立てて、二度と投手ができなくなった奴を知ってるから。……お前は、やっぱり天才だよ。あの後も勝ち続けたもんな」

僕は、黙って微笑んだ。やはり、小沢は気づいていたのだ。

昼休み。僕は、小沢に待ってるように言い、一馬と留奈に小沢が退学する事を告げ、小沢の元へと連れていった。別れを告げさせるために。

そして、屋上に上がろうとした。すると、小沢が、

「屋上は、鍵がかかってるだろ?」

と、言った。が、僕は得意気に名札を外し、いつものごとく鍵を開けてみせた。小沢と一馬は、目を見合わせてビックリしていた。

そして、夏空の下、一段と風の強く吹く屋上で、僕達は別れの儀式をした。

留奈と一馬は、納得はしていなかったが、理解してくれた。重苦しい雰囲気の中、小沢は、最後まで明るく言った。

「留奈ちゃん。御園は、根っからの投手だ。わがままで……そして、寂しがり屋だ。御園の面倒見てやってくれよ」

「うん。分かった。達哉の面倒見てあげる」

留奈も、とびっきりの笑顔で返した。

「バカ言ってんじゃねえよ」

僕が、微笑みながら小沢を小突くと、小沢は急に真剣な顔つきで、

「お前と野球ができて、勉強になったぜ。悔しい負け方をしても、堂々と胸を張ってマウンドを降りてくる姿に。いつも毅然として、エースとしての誇りを持っている姿に……。お前ほど、楽しそうに野球をやる奴は、初めて見たぜ」

「よせよ、小沢。照れるじゃねえか……」

「けど、本当だぜ。みんな同じ気持ちだから、お前と一緒に好きな野球をやめたんだ」

一馬もうなずいた。その時、強い熱風が駆け抜けた。

「見ろよ。綺麗な風が吹いてるぜ。俺達の前途を祝福してるんだ」

「綺麗な風？」

留奈は、僕の表現を分かっていたが、小沢と一馬は、何の事か分からず、首をひねっていた。

それから僕は、ポケットからマジックを取り出し、誰が屋上に来ても気づかれない場所を見つけ、

「俺達が、この学校にいた証に、ここに好きな言葉を書いておこうぜ」

と言った。

そして、僕が『明日は明日の風が吹く・いつも明るくカッコ良く』、一馬が『夢』、留奈が『綺麗な風』、小沢が『突進』と書き、別れの儀式を終わらせた。

僕は、僕のために退学になった小沢に責任を感じたが、僕らしく学校に残る事で、小沢に償う事にした。

綺麗な風が、教えてくれたのだ。綺麗な風は、いつでも僕の味方だった。


数日後の昼休み。志水の粋な計らいで『監督派』と呼ばれる、山本を含む数名以外の野球部員が保健室に集められた。

志水は僕に、「野球部に残る一年達に、副主将として最後の檄を飛ばせ」と……。そう、僕は、「先輩達と一緒にやめます」と言った、一年達の未来を潰す訳にはいかないと思い、無理矢理引き留めたのだ。僕ら二年は、野球部を近藤に除名されたから、本来こんな場は持てないのだが……。

その場で僕は一年に謝罪し、

「俺達は、野球部から抹殺された。だが、お前らが頑張って、部に残る事で俺達が部にいた証になるんだ。お前らの手で、野球部の歴史を作ってくれ。あくまでも、明るく、楽しく、な！」

と檄を飛ばした。そして一人部に残る決断をした松木に、後を頼んだ。そんな言葉に、志水は感心していた。

「野球は、明るく、楽しく、か……。御園らしいな」

と。

夏本番になってきた頃。野球部の金属音が聞こえる中、僕達はいつものように三人で下校した。そして、明るくしている僕に、一馬はポツリと呟いた。

「お前、野球をやってた時と同じように、いつも楽しそうだな……」

「まあな。たった一度の人生だ。思いっきり楽しまないとな。それに、野球をやってても、やってなくても俺は俺だからな。な、留奈」

「うん。達哉らしくいるのが一番よ」

眩しすぎる太陽に目を細めながら、ニッコリ微笑む留奈を見ながら、一馬は羨ましそうに、

「……まあ、お前は野球がなくても、大橋がいるからな。その点、俺なんか就職組だから、周りに女子が一人もいないんだぜ」

そう言って僕を見る瞳は、羨望にも近い眼差しをしていた。

僕には、野球を失っても留奈がいた。が、一馬は野球だけが真剣になれるものだった。

高見や播本などは真剣になれるものを求めて転部したが、僕と一馬は〝野球狂〟だったので、それさえできずにいた。まだ、部をやめて数日しかたってないのに、一馬にとっては遠い昔の事と感じていたに違いない。

そして、帰りの電車の中で僕は、無邪気にはしゃいでいる留奈の清楚で美しい横顔をジッと眺めている一馬に気づいた。

その時、初めて確信した。『一馬は、留奈に惚れているんだ』と。結果的には、僕は一馬から野球を奪った……が、留奈だけは譲る訳にいかない。留奈自身の気持ちもあるのだから。

学期末試験の最中。達哉は、忘れ物をしている事に気づき、生徒はもちろん教師達も帰り、静まり返っている学校に忍び込んだ。

その頃、留奈は偶然達哉の家を訪ね、達哉の母から「学校に行った」と聞かされ、妙な胸騒ぎを覚え学校へと向かっていた。

必死で探した留奈が、達哉を見つけたのは、グラウンド……マウンドの上だった。

一人で激しい陽射しを浴びながら、マウンドに立っている達哉は、風に吹かれながら堂々と胸を張っていた。その背中からは、言いようのない寂しさが漂っていた。

『ひょっとして泣いてるんじゃあ……』そう思い、達哉を見つめていると留奈の目の前が霞んできた。泣いているのは、達哉ではなく留奈だった。

流れる涙を拭うのも忘れ、達哉を凝視していると、突然、達哉がマウンド上で振りかぶり投球フォームをした。いつも通り、華麗なフォームで……。留奈の考えとは裏腹に、達哉は涙を流すどころか微笑みながら、マウンドを降りグラウンドに一礼をしてから去っていった。

達哉は、自分の独壇場だった、鳳南高のマウンドに最後の別れを言いに来たのだった。

そう、それは達哉自身の高校野球とマウンドに対する決別の儀式だった。

そして、すごした時間以上に長く感じ、嬉しい事、辛い事、悲しい事……色々あった一学期の終業式が来た。

終業式を終え、僕と留奈が一馬を待っていると、

「御園。……すまなかったな。こんな事になって」

本田が部をやめて以来、初めて話しかけてきた。が、僕は会話する気はなかった。

「あんたと、話す気はないよ」

「……これだけは聞いてくれ。確かに、監督のお前に対する態度は悪かった。だが、美里丘戦での監督の指示も、決して間違いではない。勝つためには、当然の策なんだ。……前に、お前に注意しただろ、『お前の優しさは、野球人として欠点だ』と。その欠点のために、お前は野球を……」

本田がそこまで言った時、留奈が突然、激しい口調で言った。

「達哉は、野球をするためだけに生きてるんじゃないわよ！」

「留奈の言う通りだ。俺は、自分で『優しい』なんて思った事はない。でも、野球をするために優しさを失わなければならないなら、俺は野球をやめてもいい。人生には、野球よりもっと大事な事があるはずだ」

本田は、僕のその言葉を黙って聞いていた。僕は本田がまだ、畜生の匂いになっていな

い事を感じた。

夏休みに入った。生まれて初めてと言っていいくらい、野球をしない夏休みだ。

そんな夏休みに、留奈が毎日のように遊びに来た。ある日、留奈は、いつものように達哉の部屋に入った。が、達哉の部屋が、いつもとどこか雰囲気が違っている事に気づいた。

部屋を見回してみると、飾ってあったはずの写真の多くや、水無月杯でもらった『最優秀投手賞』のトロフィーがなくなっている事に気がついた。

残っているのは、シニア時代の写真と数々の賞状だけだった。

『達哉が、本当に楽しく野球をやっていたのは、シニアの時だけなのかも……』

ふと、そう考えた。そして、高校に入ってからの達哉を思い起こした。いつも、明るく、楽しくはしていたが、近藤に嫌がらせをされ、勝つ事を宿命づけられ……。やめる間際には練習の時まで『獲物に飢えた狼の眼』になっていた事を。その時、

——ガチャッ。

「おまたせっ。ほら、ジュース」

いつもの表情で達哉が戻ってきた。

「ありがとう。……達哉、高校野球の事、恨んでない？」

「野球を恨む？　とんでもねえ。野球には感謝してるんだぜ」

まっすぐな達哉の瞳に、留奈は本心だと感じ取っていた。

「野球をやってなかったら俺は、ただのいい加減でわがままな奴になってたかも知れないな。でも、野球のおかげで人の事も考えられるようになったし、かけがえのない友達もできた。野球は俺にとって、生きるための道と美学を学ばせてくれたんだ」

その言葉に、留奈は『達哉は、絶対に後悔していない』と、確信した。

「野球は達哉にとって、聖書だったのね」

「そうさ。野球はいいぜ。『一人で生きてるんじゃない』って、よく分かるスポーツだしな。だから、お前にも、おっと……」

「お前にも、何よ。やめるって決めてたの黙ってたって事？」

僕は、返事ができずに黙っていた。すると、留奈が意地悪っぽく微笑みながら、

「隠し事しないって、クリスマスに約束したのにねー」

「約束しても、相手が悲しんだり、傷つく事は、黙っているのも思いやりのひとつだよ」

と、言うと、留奈は少しはにかんで、

「達哉って、本当に優しいね。……ひとつだけ、お願いがあるの」

「ん？　何だよ？」

「……変わらないでいてね。ずっと、輝いてる瞳でいてね」

留奈の潤んだ瞳は、まっすぐ僕の方を向いていた。

「ああ、任せとけ。何年経っても、何があっても、俺はずっと俺だよ」

「良かった！　ありがとう。留奈は、そのままの達哉が大好きなの」

留奈は、夏の空のような笑顔で、嬉しそうに言った。


八月に入ると、またもや鳳南高の野球部が大きく揺れていた。

低迷の続いた城光学院から、表向きは〝快腕、御園を育てた名監督〟として評価が高かった近藤が招聘され、理事長の慰留も聞かずに辞表を出し、城光の監督に就任したのだ。

そして、後任監督にはコーチの本田が昇格した。

そして、夏休みも終わりに近づいた頃、野口から、

「山本らのイジメが、酷いんです」

と、連絡が入った。そこで、僕と高見が本田に確かめに行った。本田の、畜生になり切

ってなかった人間性を信用して……。

しかし、本田は意外な言葉を吐いた。

「お前らに話はない」

そう言った本田の眼は濁った大人の瞳になっていた。そして、畜生の匂いが漂っていた。

僕達は、そんな本田の変貌に失望し、言葉を失った。

ところが、二学期に入ると本田から「部に戻ってくれ」と、志水を通じてしつこく勧誘があった。が、僕は「あんたに話はない」と、突っぱねた。それでもなお、本田は僕と一馬を勧誘してきた。壊れた左腕なのも知らずに。

そんなある日。僕と一馬は、志水の執拗な誘いを受けウチのグラウンドで行なわれている、秋季大会の三回戦を観に行く事になった。

本田は『試合を見れば、アイツらもその気になるさ』と、僕の鉄の意志を甘く見ていた。

その眼は、近藤と酷似していた。

試合は、野口が僕にそっくりなフォームで好投していた。そんな野口を見て、留奈が、

「ふふっ。野口君って達哉にそっくりね。よっぽど達哉の事が好きで、尊敬してるのね」

と言った。そして、僕は得意気に言った。

「女だけじゃなくて、男にモテるところも、俺の長所だぜ」

そんな楽しい雰囲気も束の間……。野口が、ランナーなしで相手の四番を敬遠した。

「野口！　何してる！　堂々と勝負しろ！」

僕がそう叫ぶと、野口は僕の方を見て、一転勝負に出た。すると、ベンチから本田が、

「野口！　ちゃんと、サインに従え！」

そう言った本田の声は、近藤とそっくりな砂漠のような乾いた声だった。僕の心にどことなく、寂しい秋の風が吹いたような気がした。

「志水先生、……どうして、人って監督とか偉い地位に就くと、人間が変わってしまうんでしょうね……」

「御園……」

志水は、その言葉に応える術がなかった。

試合も終盤に入った頃。今、僕の目の前で繰り広げられている本田の野球は、近藤の野球と同じだった。

相手のケガをつき、敬遠をし……。後輩達の表情は曇っていた。そして、ついに僕は耐え切れずに叫んだ。

「辞めろ!!　本田!!　お前の野球は、近藤と一緒で卑怯者の野球だ！」

僕の突然の怒りに、留奈と一馬と志水は驚き、応援席の生徒は静まり返った。

すると、本田がすかさず僕の元に来て、

「困るなー。御園。試合中に大声を出されては。野球は勝つためにやるものだ。俺の作戦は間違ってないぜ。どうだ、御園。俺の下で、勝つ野球をやってみないか？」

そう冷たい瞳で言い放った本田に、近藤がダブって見えた。もう以前の気が弱くてビクビクしていた本田はそこにいなかった。

「よく言うぜ。本田先生。あんたは近藤と一緒に、一度は俺を追い出した人だ。甲子園に行ける奴は限られてるけど、挑戦する権利は誰にでもあるはずだ。その挑戦する権利も奪われた人間の気持ちが、あんたに分かるのか。分かるのか……。俺は、あんたと近藤を一生許さないぜ。もう、俺に関わらないでくれ……」

その『獲物に飢えた狼の眼』に、本田は恐れをなし黙り込み、志水は驚いていた。

「帰ろうぜ……。留奈、一馬」

その時の僕は、一馬の気持ちまで考えてやれる余裕がなく、一馬の表情が曇った事に気づかなかった。一馬は、野球部に戻れるという、微かな希望を抱いていたのだ。

それからの一馬は、塞ぎがちになっていった。

「ちょっと待てよ。御園……」

志水が慌てて僕を引き留めようとすると、留奈が、

「志水先生。達哉は、まっすぐしか見れないの。……お願いだから、横を向かせないでください」

留奈は、志水にそう言って、僕の後を追ってきた。と、本田は、

「志水さん。もういいですよ。僕の駒になれない奴は、こっちからお断りですよ」

「こ、駒？　本田君、君は……。こっちこそ、君みたいな奴に御園を渡したりしないぞ！」

志水は、僕に悔いを残させないように、もう一度野球をやらせたかったのだ。そして、本田の巧みな言葉に騙されて勧誘に一役買っていた。しかし、本田は芯から腐り切っていた。監督に就任して以来……。

僕達、三人が校門を出ようとした時、背後から、理事長に呼び止められた。理事長は、元部員達に近藤の嘘を明らかにされ、真実を知ったらしい。

「御園君、すまない……ワシが、近藤君を信用してしまったばかりに……」

「理事長のせいじゃないですよ。気にしないでください」

「いや、ワシのせいでもある。ワシは、どこを見てたんだろうな。近藤君には裏切られ……。人を信用しすぎる、悪い癖があるようだな……」

理事長の無念さが、僕にも伝わってきた。そんな理事長に、僕は言った。

「悪い癖なんかじゃないですよ。人が人を信用できなかったら、寂しいじゃないですか。……人は、人を信用するものだと思います。すいません。生意気言って」

「いや、いいよ。人は人を信用するもの……か。君は、人間が大きいな」

そう言って、理事長は僕達の前から姿を消した。

留奈は、理事長に対しても臆する事なく、自分の意見を堂々と言える達哉を、頼もしく思い見つめていた。その思いは、一馬も同様だった。


季節は、閉ざされた世界のような冬を越え、春が来て、僕達は三年に進級した。高校生活、最後の年。しかし、いつの時も僕にとって、最後とは最初へのプロローグだった。

三年になった直後。山本らのイジメが表面化し、本田が監督を解任され、新監督には野球にあまり詳しくない、志水が就任した。

そこで、志水は勝ち負けよりも〝明るく、楽しい〟をモットーとした野球部に変えようとして、

「楽しくやれない奴や、後輩をイジめる奴は部をやめろ」

と、発言した。その結果、山本らが退部し、部内は松木を中心に、弱いが明るくなっていった。

そしてある日。志水が僕のところに来て、

「御園。先生な、野球部の監督になったんだぞ」

と、報告してきた。そこで、僕は、

「知ってますよ。先生に、監督なんてできるんですか?」

と、からかった。

「さあな。野球部を変えてやろうと思ってな。野球は『明るく、楽しく』だよな、御園」

志水のその言葉と瞳を、僕は嬉しく思った。

そして、志水は僕の横にいた留奈の視線に気づき、言った。

「大橋、綺麗な顔してそんな目で睨むな。心配しなくても、御園に横は向かせないよ」

留奈は、ホッとしたような顔をして、

「達哉は、横を見たくても見れないんです。達哉は、膝が悪いんですよ。ね、達哉」

「膝？　え？　ああ、そうだ。そう、膝が悪いんですよ」

一瞬、忘れていたが、留奈には『膝が悪い』事になっていたのだ。僕のヒジの事は、医者と一馬と小沢以外誰も知らない、一生の秘密事だった。


五月も中旬になって、一番爽やかな季節になった頃。野球をやめて以来、塞ぎがちだった一馬が輝いた瞳で、僕と留奈のクラスへ走ってきた。

一馬は、志水の知人を通じてノンプロの名門・南雲電器に、入社が内定したのだ。

志水は、自分の担任の生徒ではない一馬にまで、世話を焼いてくれていたのだ。

「御園！　俺、ノンプロの南雲電器に内定したんだ。お前に、真っ先に知らせたくてな」

「ノンプロ？　じゃあ、また野球ができるな。良かったな、一馬。頑張れよ！」

僕は、一馬がまた野球ができる事が、自分の事のように嬉しかった。そして、一馬の笑顔が見られた事も。

留奈は、そんな達哉を見て、何か切ない気持ちになっていた。『達哉も、野球ができたらいいのに』と。だが、そんな思いを隠して一馬に、

「おめでとう。良かったね、永井君」

と、恋人の親友の前途を祝福した。

晴れ渡った昼下がり。僕は、五月の綺麗な風と空が見たくなり、留奈を屋上に誘った。五月の深い青の海が見える、あの場所へ。と、五月の風に髪をなびかせながら、留奈が唐突に言った。

「ねえ、達哉。高校の先生になって、野球部の監督やれば？　きっといい監督さんになるよ」

留奈は、僕がどんな形でもいいから、野球に戻る事を望んでいたのだ。

「……俺は、監督なんて柄じゃねえよ」

「そんな事ないよ。後輩には好かれてるし、野球は天才だし。考え方が素晴らしいもん」

僕は、フェンスにもたれながら言った。

「無理だよ。自慢じゃねえけど俺は、リトルから野球を初めて以来、補欠の経験ってものがねえから、補欠の奴の気持ちっていうのが分かってやれねえと思うんだ。監督をする人

は、色々な経験を積んだ人じゃねえとな」

そう言って、留奈を見ると、心なしかガッカリしているように見えた。

「何だ、留奈。俺に、高校野球の監督をやって欲しかったのか？」

「達哉みたいな監督さんがいたらいいなーって、思ってね……。そうだ！　達哉、進学先決めた？」

「まだだよ。……俺、就職しようかな。親父の事業も上手くいってねえしな。……それに、紙切れ一枚で決める入試って好きじゃねえしな」

すると、留奈は悲しそうな瞳で言った。

「何のために、進学コースに入ったのよ。もう少し大人にならなきゃ駄目よ。みんな、嫌でも大人にならなくちゃあいけないみたいだし……」

「誰がそんな事、決めた？　俺は嫌だね。俺は、永遠に少年の瞳と心でいるのさ」

僕が、キッパリそう言うと、留奈は僕から目をそらし、海を見ながら寂しげに呟いた。

「達哉みたいな人の事、ピーターパン症候群って言うんだって……」

「何だよ、それ？」

「ピーターパンってお話だから、ずっと少年のままでしょ。だから、いつまでも少年のままの人の事をピーターパン症候群って言うのよ……」

そこまで言って、留奈はためらいながら話を続けた。

「それで、大人になって、自分が少年でなくなった事に気づき、悲観して……自殺する人が増えてるらしいわよ」

「そんな奴らと俺を一緒にするな。大人になるって事は、夢がひとつひとつ消えていく寂しい事なんだ。心配するな。俺は少年のまま堂々と生き抜いてやるぜ。エースらしくな」

留奈は再び、僕の方を振り向き、呆れたように言った。

「そうね。達哉に常識って通用しないもんね。……ね、まだ決めてないいんだったら、留奈と一緒に桜聖大学に行こうよ」

「オウセイ？　お前、桜聖に行くのか？」

「うん。あそこなら、野球部も弱いし、気楽に野球ができるんじゃない？」

確かに桜聖なら、ヒジの事も気にせずに気楽に野球が楽しめそうだ。そして、何よりも留奈が、「一緒の大学に行こう」と誘ってくれたのが嬉しかったし、僕には、一緒の高校に来てもらったと言う借りがあった。

「……しょうがねえなあ。一緒に、桜聖に行ってやるよ」

「ホント！　じゃあ早速、志水先生に言おうよ。桜聖の推薦枠は、三つしかないんだから早くしないと埋まっちゃうよ。さっ、早く」

留奈は、この日の空のような表情をして、とても嬉しそうに僕の手を引っ張った。

それから、僕らは志水にその旨を伝え、了承された。

今まで留奈と共にすごしてきた十年間。そして、これからも共にするであろう四年間を楽しみにし、信じて疑わなかった。

そう、あの出来事さえなければ……。


高校生活最後の夏休み。僕と留奈は、学校指定の推薦枠に入っていたので、受験勉強に追われる事もなく、いつも通りに楽しくすごしていた。

ところが、七月も下旬にさしかかったある日。僕の人生を大きく変える、信じられない出来事が起こった。

メッツ時代の監督、高原監督が交通事故で亡くなったのだ。

高原監督は、留奈の親父さんの知人だった。そして、留奈の親父さんの紹介で、僕はメッツに入団したのだった。

僕は、高原監督の突然の訃報が、信じられなかった。いや、信じたくなかった。しかし、真実をまっすぐに見て、眼をそらさない事にした。

その日の晩。僕は、高原監督の事を思い起こしていた。その、情熱的な指導と、濁っていない瞳。……だが、そんな監督はもういない。

僕は、こぼれ落ちそうになる涙を胸に閉じ込めて、必死で平静を装った。……誰もいない、独りぼっちの部屋なのに。

眩しい朝陽が昇った頃、僕は、決心した。――そうですよね、高原監督。怒りますよね。……監督、いつまでも俺達を見守ってください。俺は、人生のエースになってみせます――。

翌朝早く、留奈と親父さんが迎えに来た。が、僕は留奈に「行かない」と告げた。すると、留奈は怒って、

「何言ってるのよ！　高原さんの告別式なのよ！　今、行かなかったら一生後悔するわよ！」

「……行けねえんだよ。俺がまだ野球部にいたら、今頃、予選大会の真っ最中だ。そんな時に行ったら、監督に怒られちまうよ……。きっと、織田も、風見も、……メッツのナイ

ンは、誰も行かないぜ」

「でも、達哉――」

留奈が何か言いかけた時、一陣の強い風が吹いた。

「明日は明日の風が吹く……か」

「え？」

「明日は明日の風が吹く、さ。正直、今日は悲しくてたまらねえけど、明日になればいつもの俺に戻るのさ。いつまでもクヨクヨしてたら、監督に怒られるからな」

そう言って、唖然とする留奈と親父さんに背を向け、家のドアを固く閉ざした。

「達哉……」

「留奈も来なくていいよ。達哉君のそばにいてあげなさい」

留奈の親父さんは、呆然と立ち尽くしている留奈にそう告げ、一人で告別式へと向かった。

しかし、留奈は達哉の家に入る事も、ノックする事さえもためらって、まだ夏になりきっていない太陽を受けながら、何時間もただ立ち尽くしていた。

達哉一人しかいない家の中からは、大きな音でロックが途切れる事なく流れていた。そんな、激しい音楽を聴き、留奈は達哉の悲しみの深さを知った。

「あれ？　雲行きが怪しくなってきたなあ」

雲の流れのように何時間も流れた頃、留奈がふと独り言を呟いた。その時、達哉が突然、家から飛び出して来て、留奈の姿に気づく事もなく駆け出していった。

留奈には、達哉が向かっている場所が漠然と分かっていた。留奈が追いかけた先に、やはり達哉はいた。

そう。そこは、オーナー兼監督の高原が亡くなり、もう誰も使う事のないメッツのグラウンドだった。


僕は、グラウンドの外から、中を眺め見て、足の赴くままにグラウンドに入り、想い出の詰まっているマウンドに上がった。

雲の切れ間から覗く弱い太陽の陽射しを浴びながらマウンドに立つと、初めてこのグラウンドに来た日の事、最後の試合……等が次々と僕の脳裏を横切り、胸が熱くなった。

その時——。

ミーン。ミーン。ミーン。

まぎれもなくそれは、今夏、最初に聞くセミの声だった。僕の心が沈んでいる時に、いつもセミは夏を告げ始める。僕は、セミがあざ笑っているように聞こえ、

「何がそんなにおかしいんだ?」

そう問いかけた。が、セミはさらに大きな声で、
ミーン! ミーン! ミーン!

と、鳴いた。

「うるせえ! 笑ってんじゃねえよ!」

僕が、そう怒鳴った時だった。

「どうしたのよ、達哉! 落ち着いてよ!」

「……留奈? お前、どうしてここにいるんだ。葬式に行ったんじゃねえのか?」

僕は、留奈のその姿が幻のように感じた。

ゴロ……ゴロゴロ。

その時、微かに晴れ間が覗く空から遠雷が聞こえてきた。

「留奈も行かなかったの。行くと余計に悲しくなるから。……夕立が来そうだから、早く帰ろうよ。達哉」

「……見てみろよ、留奈。このグラウンドを。むかつくじゃねえか。……監督は、いなくなったのにグラウンドは、綺麗なままありやがる……」

「達哉……。もう、いい！　もう、いいよ！」

「……明るい太陽なんて見たくねえよ。眩しいんだよ！　早く消えろ！」

僕が、そう怒鳴った瞬間、強い風が吹き、太陽が黒い雲に隠れて雨が落ちてきた。

「俺は、……監督との約束を、何も果たせなかった。……全国大会に監督と行く事も、……甲子園に出る事も、……立派なエースになる事も……」

僕が、途切れ途切れにそう言った時、雷を伴った雨が、滝のように降ってきた。

「達哉は、立派なエースだよ。今でも、これからも」

「……何で勝手に死んだんだよ、監督！　ずっと見ているからなって言ったじゃねえか！」

バリ！　バリ！
ザ、ザ、ザー。
激しい雷鳴が鳴り響く中、僕は、初めて人前で涙を流した……留奈と一緒に。

激しい夕立が止み、空が綺麗な夕焼けに染まった頃、

「達哉は、高原さんにお別れを言いにここに来たんだね。高原さんとの想い出がいっぱい詰まってる、このグラウンドに……」

留奈が、そう呟くように言った。

「そうさ……。不思議と、足がここに向いてたんだ……」

そう言って、眩しい夕映えを見ながら、僕達が退団する時に、高原監督が言った言葉を思い起こしていた。

『お前は野球の弱い高校に行く。だから、織田と一緒に名門の隆徳大学でプレーし、揉まれてから二人でエンゼルスに入れ……』

壊れた左腕の僕にとっては不可能な事だったが、ある種の強い使命感をヒシヒシと感じていた。

この時から、心の中で描いていた僕の人生の構図が、大きく狂い始めていった。

数日後。僕は、並々ならぬ決意をし、志水に電話をかけた。

「先生……、悪いんですけど……、桜聖の推薦、取り消してもらえますか。……俺は、隆徳大学に行きたいんです」

志水は、突然の僕の心境の変化に驚いているようだった。

「隆徳？　どうしたんだ、急に？　隆徳大は、指定校じゃないから、一般の入試を受けなきゃならないぞ。合格する保証はないぞ。桜聖にしとけ」

「……保証なんかいりませんよ。逃げずに挑むのが、俺の主義ですからね」

志水は、その言葉に圧倒され、並々ならぬ決意を知った。

「そうか、お前は、隆徳で野球がしたいんだな。……よし、分かった！　桜聖の推薦、取り消しとくよ。……ところで、大橋には言ってあるのか？」

「いえ、まだです。でも、留奈なら話せば分かってくれますよ。きっと。ダテに十年もつき合ってませんから」

また留奈を泣かせてしまうかも知れない……が、きっと留奈は分かってくれるはずだ。

僕は、そう信じて疑わなかった。


二学期が始まった。僕はその頃、隆徳を受験すると言う事を、自分の口から留奈に伝えようと考えていた。

そして、数週間後。僕が、屋上で秋の空を眺めていると、留奈が怒りと驚きの入り交じった表情をして、僕の元に駆け寄ってきた。どうやら、職員室で畜生の匂いのする教師に、僕の事を告げられたらしい。

「達哉！　どういう事よ！　桜聖の推薦、断ったって本当なの？」

留奈は、目に涙を浮かべ、僕を責めるように言った。

「……本当さ。悪りいな、留奈。俺の口から言うつもりだったのに。……隆徳を受ける事にしたんだ」

「隆徳？　何で、急に……。一緒の大学に行くって約束したのに……。達哉の嘘つき!!」

そう叫んで、留奈は泣きながら駆け出していった。

留奈は分かってくれなかった。仕方がない事だが……留奈もまだ少女だ。あくまでも僕と同じ大学に進む事に拘っていたようだ。

「悪りいな、留奈。俺は、こうするしかなかったんだ……」

そう独り言を呟いた僕の頭の中に、幼い日の記憶が蘇っていた。初めて出会った小三の頃の留奈が。僕の側から離れようとしなかった留奈が。

僕は、そんな思いをかき消すかのように、風の全くない秋の青く高い空を見上げた。僕の大好きな夏が駆け足で駆け抜け、寂しくなった空を……。

「今年の秋は、長くなりそうだぜ……」

数日後の日曜日。

ピンポーン。

「あら、留奈ちゃん。上がってちょうだい。達哉なら二階にいるわよ。……達哉ー、留奈ちゃんが来たわよ」

おふくろのその声に、僕は「上がってもらってくれよ」と言い、部屋で待った。

しばらくすると、照れたような顔をして、留奈が部屋に入ってきた。

「こないだは、ごめんね。留奈、気が動転しちゃって……」

「いや、俺が悪りいんだよ。留奈に相談もしないで、勝手に決めてさ」

そう言うと、留奈はいつもの微笑みを見せ、僕の側に来て、

「何で、隆徳を受ける事にしたの？　理由だけ聞かせて」

「野球をやるためだ。俺は、無名チームでばかりプレーしてきたからな。もう一度、名門と呼ばれるところで、自分の力を試したくなってな……」

「嘘！　達哉の眼を見たら分かるんだから。本当の事、言ってよ！」

「フッ。留奈には、かなわねえな。……夢のためだ。野球には、未練も後悔もねえけど……。ちょっと、忘れ物があるんだよ……」

「忘れ物って？」

そして、次の言葉で留奈は、全てを理解してくれた。僕が信じていた通りに。

「勝敗より、もっと大事な何かを見つける事。本当の野球を理解する事さ。それに、高原監督の遺言だったからな……隆徳への進学は……」

「……そうなの。達哉らしい理由ね。分かった！　達哉の夢の邪魔はしないよ」

留奈は、達哉の瞳が輝いているのが分かり、納得してみせた。寂しさを隠しながら……。

「さすが、留奈！　きっと、理解してくれると思ってたよ。サンキュー」

留奈は、最高の笑顔を見せてくれた。そして、僕の顔を見て心配そうに、

「膝は……大丈夫なの？」

「大丈夫さ。長い間、休ませてたからな」

すると、急に寂しげな顔をし、窓の外を眺めながら、

「隆徳の野球部って、全寮制なのよ。……知ってた？」

「……ああ、知ってるよ。俺みたいな甘ちゃんは、寮にでも入って厳しく鍛えてもらった

方が将来のためにもいいんじゃねえか?」

「フフッ。そうかもね……。でも、四年間も離れ離れになっちゃうね。桜聖って、ハンサムな人多いんだってー」

留奈は、はにかみながら、からかうように言った。

「信じてるさ。俺だって、お前の眼を見れば、本気か冗談かすぐに分かるんだぜ。それに……離れてるからこそ、分かる事もあるんじゃねえかなって思うしな」

「相変わらずプラス思考ね。……留奈も達哉の事、信じてるからね。ずっと。達哉は、いつでも留奈にとってはエースだよ」

その時、僕達は見えるはずもない未来を頭に描き、お互いを信頼しあっていた。

それからの僕は、留奈と共有する時間を多く作りながら受験勉強をし、志水のおかげで明るくなった野球部にもたまに顔を出して、かつての後輩達の指導をしていた。

そして、秋も深まった頃。僕と留奈は、志望校に見事に合格した。

そして、難関だった隆徳大の試験を突破した僕は、

「俺って、やっぱ天才だな。何をしても」

と、相変わらずの調子で、クラスメイト達に吹聴していた。

高校三年の三学期は、冬の強風のように素早く駆け抜ける。

卒業式も滞りなく終え、僕と留奈はこの学校で一番想い出が詰まっている、屋上へと向かった。

冬の、寒いが陽射しが暖かい屋上の、海が見える二人だけの秘密の場所で僕達は語り合った。

「達哉、卒業できて良かったね。化学の単位、危なかったんでしょ？」

「まあな。よくサボったからな」

「近藤って、陰険だったもんね。抑圧的だったしね」

「近藤だけじゃないぜ。この高校の教師は、ほとんどがそうだ。もう、そいつらの顔を見なくてもすむけどな。……ここに来るのも、今日が最後だ！　留奈、この景色、目に焼きつけとけよ」

僕は、波が高く白く見える海と、冬色の風を指さし言った。すると、留奈は寂しげな顔をして言った。

「……志水先生にも、もう会わないつもり？」

「いや、志水先生は別さ。先生に会いたくなったら、家に行けばいいじゃねえか。なっ」

「そうだね！　志水先生には、すごくお世話になったしね」

と、とても嬉しそうに言った。そして、

「……いつか先生達に対するわだかまりが消えたら、ここに来ようね」

その留奈の優しいが、弱々しい微笑みに負け、僕はあっさり考えを変えた。

「十年後にな。……十年後に観に来ようぜ」

「十年後ね。うん、分かった。約束よ」

ニッコリ微笑んで、留奈は小さな小指を差し出してきた。初めて、この場所に来た時と同じように。

この時の僕は、深い迷路に迷い込む事も知らずに、『忘れ物』が見つかればすぐに、大学を中退して留奈の元に戻ると決めていたから、留奈の小指に指を絡ませる事ができた。

それから、僕と留奈は、一馬と小沢と四人で書いた台詞を見に行った。マジックで書かれた文字は、色あせる事なく鮮明に残っていた。

「高校に入ってから、色んな事があったね」

留奈がポツリと、そう呟いた。

「でも、達哉は達哉らしく、小さい頃から、ちっとも変わらなかったね」

「まあな。これからも、変わらねえぜ。いつまでも、俺は俺さ」

「そうね。達哉、高校に入ってからの記録、覚えてる？」

「は？　何だよ、突然。覚えてねえよ」

僕がそう言うと、留奈は自慢げに、

「四十一試合に登板して、三十一勝九敗。完封試合は二十三。防御率、〇・六二。一試合の平均奪三振、十六。一年少しで、完全試合、四。最高球速、一五一キロ。強豪私立校には、絶対負けなくて、そして……留奈の誕生日には完全試合をしてくれた……」

僕が唖然として聞いていると、続いて、

「全部、覚えてたの。……天才にふさわしい成績ね。野球をしてても、私生活でも……。達哉は、いつでも危なげないエースよ。留奈の……そして、みんなの」

「……サンキュー。さあ、行こうぜ」

僕は、照れ隠しにそう言った。

そして、寒風吹きすさぶ屋上を後にし、静かに扉を閉めた……『十年後、また来るぜ。三年間、サンキュー』――心の中で、屋上に礼を言って。

校門のところまで行くと、そこに志水と一馬が待っていた。そして、志水が、

「御園。お前みたいに、手の焼けた生徒は他にいないぞ」

と、苦笑いしながら言った後、目にうっすらと涙を浮かべ、言った。

「でも、お前達がいなくなったら、寂しくなるな……」

「志水先生。……先生には、本当にお世話になりました。感謝してます。……また、遊びに行かせてもらいますね」

と僕が言うと、志水は無理に笑顔を作って、

「待ってるぞ」

と言ってくれた。

そして、僕達が学校を後にしようとした時、理事長が不意に僕達を呼び止めた。

「御園君。君にはどうしても詫が言いたくてな。ワシは、この学校を良くしたいばかりに、勉学の優秀な先生方ばかり集めて……。人間性にも拘らずに。……御園君、この学校に来た事を後悔しているだろ?」

「達哉は、そんな小さい人間じゃありませんよ」

留奈が、僕より先に口を開いた。続いて僕が、

「そうですよ、理事長。先生がどんな人であれ、俺には関係なかったんですよ。俺は……間違った生き方でもいいから、俺らしく生きたい……それだけですよ」

「でも！　この学校のせいで、君の有望な将来を奪ってしまったんだぞ」

「気にしないでください。俺の将来はこれからです。風が教えてくれてます」

理事長は不思議そうな顔をし、とんでもない事を言い出した。

「風……か。君は心の大きな人間だな。できたら、いつか……この学校に帰って来てくれないかね？」

「……無理ですね。俺は、エンゼルスに入団する事になってますから」

理事長は、僕のその言葉に苦笑いをしていた。そして、僕達三人は、理事長と志水に……「お世話になりました」と言って、頭を下げ、三年間通った母校を後にした。

その三人の後ろ姿を見ながら、理事長は志水に、

「あの子がいなくなったら、我が校も寂しくなるな。一番、先生方に反抗していたが……あの子は、本当に前向きで、おおらかな子だな。心配ないよな。志水君」

志水もそう信じていた。が、うつむきながら、苦言を呈した。

「はい。ですが……強気に言ってはいても、御園も多感な年頃です。アイツの受けた心の傷は、いやされる事はないでしょう」

「……」

理事長は、その志水の言葉に衝撃を受け、ある種の決断をしていた。


こうして、達哉の高校生活は終わった。

公式戦で残した成績は、一勝一敗。しかも、甲子園のかかった秋と夏の大会では一敗だけと、鳳南高野球部に歴史を刻む事はできなかった。

しかし、通算成績は、天才の異名にふさわしい成績を残し、その勇姿は対戦校の監督、チームメイト、そして多くのファン達の記憶に残した。

そして、歴史にこそ残せなかったが、その、『負けても次の試合は勝とう』という前向きな姿勢と、決して逃げる事のなかった強気な姿勢は、いつまでも後輩達に語り継がれ、伝説のエースへとなっていった――。


その後、一馬は、社会人野球に早く慣れたいと、卒業式の次の日に入寮した。

そして、小学三年の時から、十年間も同じクラスという、奇跡のような時間を共有した僕と留奈は、出会って初めて、別の道を歩む事になった。

それから、僕の入寮の日まで、お互いの家を行き来して、僕と留奈は毎日を楽しんだ。

留奈の部屋で遊んでいる時、僕が誕生日にあげた、泉里戦の完全試合のボールがベッドの上の棚に大事そうに飾られているのが目に入った。『こんなに、大事にしてくれてるのか……』と、言葉にならない嬉しさを覚えた。

そんな、お互いにとって一番楽しかった時は、風のようにアッと言う間にすぎ、三月の下旬、ついに、僕の入寮の日が来た。

その日、僕は、両親が忙しいという事もあり、留奈の親父さんの車で隆徳大の寮まで、送ってもらう事になった。

親父とおふくろは「悔いのないようにしっかりやってきなさい」と、激励してくれた。

車中で留奈は、色んな事を明るく話してきた。卒業式の日、学校から帰ってから、泣きじゃくる留奈に僕が「今日は泣いてもいいから、俺の入寮の日は、笑顔で見送ってくれよ」と、言ったからだろう。

そして、数十分後。車が寮に着いた。

さすがに名門だけあって、寮内はホテル並みの豪華さだった。

そして、僕と留奈が荷物を持って寮内をウロウロしていると、二階の一番端の陽当たりと、風通しのいい部屋に『織田・御園』と、名札があるのが見えた。

『織田と同室か』僕は元来寂しがり屋だったので、心が許せる織田と同室という事で、初めての寮暮らしが少し気楽になった。

「良かったね。織田君と同室で」

留奈が、微笑みながら言った。やはり、僕の心は留奈に見すかされているようだ。

荷物を部屋に置き、春の優しい陽射しが溢れる、駐車場までの道を留奈と歩いていると、不意に留奈が、

「達哉……風のように飛んでいかないでね」

と言った。が、僕は強がって、

「前にも言ったろ。飛んでいかねえよ。……そんなに心配なのか?」

「……達哉って、いつか風のようにどこかに飛んでいきそうな気がするのよね」

と、伏し目がちにそう言って真剣な顔をし、

「四年間、待ってるからね。絶対に待ってるからね」

と言った。留奈は、僕との約束を守ろうとして、必死で涙をこらえていた。そんな留奈に、僕はとても切ない気持ちになり、ポツリと言った。

「四年も待たなくても、大丈夫さ……」

「え？　何？」

「何でもねえよ。さあ、行こうか。おじさんが待ってるぜ」

駐車場に着くと、留奈は、

「達哉、忘れ物ない？　あ！　ペンダントは？」

「ん？　してるよ」

そう言って、僕は胸元からペンダントを出して見せた。留奈は、嬉しそうな顔をして、自分のペンダントも取り出して見せた。

そして、車が発進すると留奈はいつまでも、いつまでも、僕が見えなくなるまで笑顔で、手を振り続けた。

卒業式の日の約束を守り、最後まで笑顔で……。

留奈の姿が見えなくなってから、僕は寮に戻った。そして『よし、忘れ物を早く見つけるぞ』と、相変わらず前向きな姿勢になり、こんな素晴らしい環境で、再び野球ができる喜びを噛み締めていた。

翌日、新入部員は、早速練習に参加した。

三年連続・大学日本一の隆徳大の練習は、やはり厳しかった。が、達哉は壊れた左腕を、監督をはじめ先輩達にも知られる事なく、早くもレギュラー組に入っていた。

大学に入っても、風は達哉に向かって吹き、天才の異名は健在かのように思えた。

だが織田は、シニア時代には人並みはずれた素質が故に、素質に頼りすぎたプレーをしていた達哉が、懸命に練習する姿を見て疑問を感じていた。しかし、先輩達に臆する事なく、相変わらず〝明るく、楽しく〟野球をし、先輩達と仲良くやっている達哉を見て、呟かずにはいられなかった。『相変わらず、不思議な魅力のある奴だ』と。

大学生になって、二カ月がすぎた頃。達哉は、壊れた左腕を抱えながら、持ち前の明るさですっかりチームに溶け込み、楽しみながら忘れ物捜しをしていた。

だが、留奈は寂しさからか、塞ぎがちになり、話し相手と言えば、達哉と違い寮からでも自由に電話ができる一馬くらいのものだった。

留奈はグチもこぼさず、独りぼっちで寂しさを我慢していた。

そんなある日……。

ガサ。ガサー。

留奈が何気なく庭に目をやると、竹の葉が強風によって揺れているのが目に入った。

「……そう言えば、台風が近づいてるって言ってたわ」

留奈が、独り言を呟いた瞬間だった。

プルルー。プルルルルー。

電話の音が鳴り響いた。留奈は直感で分かった。

『きっと達哉だ！』

「もしもし！　大橋です」

「留奈か？　俺だ。元気か？」

留奈の直感通り、電話の主は達哉だった。留奈は、込み上げてくる熱いものを抑えながら、必死で声を出した。

「……うん。元気……達哉は……元気？……」

「おう、元気だぜ。聞いてくれよ。俺、来週からべ……ヤベえ！　先輩が来た。じゃあな、留奈……」

ガチャン。ツーツーツー

「待って！　達哉！　まだ話したい事が……」

受話器の向こうは、もう何も語りかけてくれなかった。しかし、留奈は先輩に怒られる危険を冒してまで、自分の事を気にかけ、電話をくれた事だけで充分満足で心が温まった。

そして、留奈は部屋に戻り、ボールに向かって語りかけた。

「達哉、忘れ物捜し、順調みたいね……」

数日後の日曜日。留奈が眠っていると、朝早くから父が興奮して、部屋に入ってきた。

「留奈！　これを見なさい！　いやあ、パパはビックリしたよ」

そう言って、留奈に手渡したのは朝刊だった。そのスポーツ欄の片隅に載っている大学野球のスコアには、「……隆徳大　四対三　港星大……勝利投手、御園、一年、鳳南高、イニング二／三……」と、載っていた。

「どうだ！　驚いただろ！　あの超名門の隆徳で、一年からベンチに入るだけでもすごい事なのに、登板して、しかも勝利投手にまでなってるんだ！……やはり、達哉君はただものじゃないな」

留奈はもう一度、新聞を見て心の中でつぶやいた。『達哉……やっぱり達哉は、天才だね』留奈は、達哉の忘れ物捜しが順調に進んでいると思い、自分の事のように喜んだ。そして、この間の電話で言いかけた事が分かった。『ベンチに入るんだ』と、言いたかったんだと。

しかし、達哉が電話や新聞紙上で近況を知らせてくれるのは、それ以来、途絶えた。

達哉の大好きな夏が来た。今年の夏は猛暑になると言われていた通り、連日暑い日が続いていた。しかし、留奈は太陽をまっすぐな瞳で見れなかった。

連絡の途絶えた達哉を心配し、何も手に付かずに……。それとともに、留奈にしか分からない嫌な予感に襲われていた。

留奈は、何度も寮に電話をかけようとして、受話器を握った。が、受話器を握るだけで、かける事はできなかった。初めて一人ですごす、長い夏。留奈は耐え切れなくなり、勇気を振り絞って電話をかけた。

「はい。隆徳大学、野球部、隆真寮です」

「すいません。そちらの寮にいる、御園達哉さんをお願いしたいんですけど……」

「少々お待ちください」

数分後。留奈を待っていたのは、非情な言葉だった。

「――御園達哉は、八月二十五日をもって、退寮。退学となっております――」

留奈の頭は混乱していた。動揺を隠せない留奈は、震える指ですぐに達哉の家へとダイヤルした。

が、何度かけても呼び出し音だけで、誰も応答はしなかった。

『達哉。……大学まで辞めて、どこに行ったのよ。どうして家にいないのよ』留奈の悲しみは、頂点に達していた。

そしてその日の夜、留奈は、一馬に全てを話した。が、一馬は達哉のヒジの事も、大学に行った意味も知っていたので冷静に受けとめられた。

「そうか。……御園は、俺達には考えられないような、とてつもなく大きな夢を追いかける奴だからな……。そうだ！　今度の日曜日に、南部公園でエンゼルスの入団テストがあるんだ。御園は、そこに来るかも知れねえぞ。いや、きっと来る！　俺は行けないけど、大橋、お前は行ってみたらどうだ?」

『夢の終点……』ふと、留奈はそう思った。そして、その夢が終われば、自分の元に帰ってきてくれると確信していた。

留奈の思った通り、達哉は、夢の終点をエンゼルスのテストに置いていた。一度は天才ではなく、普通の選手として野球がやりたくて入学した隆徳大学。しかし、悲しいかな天才が故に、壊れた左腕から人並み以上の球を投げ、レギュラー入りし〝天才〟と言われて退学を決意したのだった。

そして、達哉は『何のために野球をやっていたのか』という問いの答えを出すために、最高の舞台で憧れのエンゼルスに挑戦する事にしたのだった。

そして、その挑戦を自分らしく全力で終えれば、留奈の元に帰るという事も決意していた。しかし……そこでもまた〝天才〟と呼ばれる素質が邪魔をする事になった。

まだまだ残暑の厳しい、九月の第一日曜日。

まだ、セミが鳴きまくる中、エンゼルスの入団テストは行なわれていた。

留奈は、あまりに人数が多く、達哉を見つける事ができずに焦っていた。

そして、一次テストが終わり、各々グラウンドに散らばって、昼食を取り出した時……フェンスにもたれ、ジュースを飲んでいる達哉をついに見つけた。

「達哉……」

そのか細い声に達哉は気づき、振り向いた。

「おう。留奈じゃねえか！　元気だったか？」

達哉のいつもと変わらぬ笑顔に、留奈は心から安心して、零れ落ちそうになる涙をこらえるのに必死だった。

「うん。元気。……達哉、こないだ同窓会があったんだよ」

留奈は、達哉に幾らでも聞きたい事があったが、明るさを装って無関係な話を切り出した。

「同窓会？　みんな、いくつなんだよ。あんなもんは、もっと歳を取ってからやるもんだろ。まだ、卒業して半年も経ってねえのに、過去を振り返るのは早いんだよ。若いうちは過去を見ないで、前だけ向いてりゃいいんだよ」

達哉は、まっすぐ見てそう言った。留奈は、そんな達哉が『元の達哉のままだ』と、確信していた。

「そうね。留奈もそう思って出席しなかったの」

達哉は、ニッコリ微笑んでくれた。そして、留奈は、

「達哉……。何で、野球部やめたの？　先輩達にイジメられたの？」

「そんな理由で、簡単にやめたりしねえよ。さすが名門だぜ。先輩達は人間もできてて、イジメられるどころか、かわいがってもらったよ」

「……じゃあ、なんで？　大学までやめて……」

「夢を追いかける権利を掴むためさ。プロテストを受けるには、大学をやめなきゃいけなかったんだ」

そう言った、達哉の瞳に嘘はなかった。

「そうなんだ。ところで、忘れ物は見つかった？」

「ん？　もうすぐ、完全に見つかるぜ。そしたら、留奈のところに帰るからさあ。だから、そんな寂しそうな顔するな。言ったろ？　『四年も待たなくていい』って」

留奈の心もまた、達哉に見抜かれていた。

「……もし、高校野球で完全燃焼できたら、ずっと一緒にいられたのにね……」

「留奈。野球に『たら・れば』は、禁句だろ。俺にとって野球も人生も考え方は一緒だから、人生においても『たら・れば』は、禁句なんだよ」

『野球と人生は一緒』――いかにも、達哉らしい発想だと留奈は感心した。

「今から二次テストを行ないます！　番号を言われた人は、マウンドに集合するように！」

「これから、暇になるからさ。今度どこかに行こうぜ。そうだ！　久し振りに留奈のサンドイッチが食いてえな」

「うん！　今までよりずっと、おいしく作ってくるね」

留奈は、久し振りに心から微笑む事ができた。

その時、

「十七番！　早く来なさい！」

と言う声がした。

「あ！　いけねえ、俺だ。じゃあな、留奈」

「達哉、待って！　外で待っててていい？　何か食べて帰ろうよ」

「ああ、いいよ。じゃあ、待っててくれよ」

そう言い残し、マウンドに走り去る達哉の胸元から『青い石のペンダント』が見え、留奈は安心しきっていた。そして、フェンス越しにその背中に「絶対よ」と言うと、達哉は後ろ向きに手を振りながら、マウンドへと走っていった。

その時の達哉は、現実をまっすぐな眼で見る事ができた。

テストも終わり、受験した人が次々と出てくる中、達哉はなかなか出て来なかった。が、留奈は達哉の言葉を信じ待ち続けた。

しかし、幾ら待っても達哉は出て来なかった。

そんな時、

「あーあ。ついてねえな。せっかく二次テストまで残ったのによ」「しょうがねえよ。なんて言ってもエンゼルスだからな」

そう話していた二人組は、一人で待っている留奈に気づいた。

「おい、見ろよ。すげえ綺麗な子がいるぜ」

「あ、本当だ。ねえ、君。何してるの？　よかったら、お茶でも飲みに行かない？」

と言って、留奈に近づいてきた。

「ごめんなさい。彼を待ってるの」

「なーんだ。彼氏持ちか。やっぱ、今日はついてねえな。……それにしても、ついてるのはあの十七番だよな」

『十七番？』その言葉に、留奈の耳はピクリと反応した。

「そうだよな。そんなすげえ球、投げてなかったのにな。一人だけ合格するなんてな」

『十七番の人が合格？』……留奈は、自分の耳を疑っていた。

「まさか……。膝の悪い達哉が、合格するなんて」

が、次の二人の会話で、留奈は自分の耳を信じなければならなかった。

「でも、あの十七番。どこかで見た事ある顔なんだよなー」

「あの手の男前は、よくいるじゃねえか」

「そうだな……。でも、気になるな。……御園達哉……か……」

御園達哉。

留奈は、その言葉を聞き逃さなかった。そして、慌てて後ろから二人組に駆け寄り、

「すいません！　達哉は、……いえ、その人はどうしたんですか？」

二人は、留奈の迫力にタジタジになり、

「え？　エンゼルスの人に『今から東京に来てくれ』って言われて、駅に連れられて
……」

「東京に……ありがとう！」

留奈は、大急ぎで駅に向かって走り出した。

『約束したのに。……約束したのに』何度も、心の中で叫びながら。

留奈の心の支えは、達哉の輝いていた瞳と、自分の胸にある『赤い石のペンダント』だった。

達哉は、夢と現実の区別がつかなくなっていた。そう、大きすぎる夢に飲み込まれ、不確かな未来を追いかけていたのだ。

息も切れ切れ駅に着き、留奈は必死で達哉の姿を探した。すると、今にも発車しそうな電車の中に、達哉の姿を見つけ、留奈は慌てて駆け寄った。

「達哉！　どこに行くのよ」

「留奈。……俺、合格してしまってさ。東京でのテストに受かったらプロ入りだな……」

その時、達哉は留奈と天使の留奈をダブらせていた。そして、夢の扉を開いてくれた事を思い出して、留奈を見つめていた。が、留奈は瞳を潤ませながら、達哉を睨みつけ、

「プロなんて無理に決まってるでしょ！　冷静に考えてよ！」

「やってみなくちゃ分かんねえだろ。……駄目だったら、この顔を活かしてタレントにでもなるさ」

その時、熱く強い風が吹き抜けた。その風に達哉は……自分とは逆向きの風が吹いていると察し、深い迷宮行きの電車に乗っていると感じた。しかし、もう後戻りできない。

そして、電車が少しずつ動き出すと、留奈の瞳からは、大粒の涙が零れ出した。

「達哉！　待って！」

「留奈、悪りいな。……お前が、志水先生に言ったように、俺はまっすぐしか見れないんだ。笑顔で見送ってくれよ。……留奈には、笑顔が一番よく似合うよ」

そう言って、達哉は笑顔を見せた。が、その笑顔は哀しい笑顔だった。もちろん、留奈は哀しい笑顔を見逃さなかった。『達哉の瞳……輝きを失ってる……』

「行かないでよ！　達哉！」

留奈はそう言いながら、電車を、達哉を、夢中で追いかけた。達哉は、哀しい笑顔のまま何も言わずに手を振っていた。

ホームの端まで走り続けた留奈は、なす術もなく走り去る電車を見送り、ありったけの声で叫んだ。

「達哉ー！　留奈を一人にしないでー！」

どこかで聞き覚えのある台詞が、達哉の耳に届いた。その声は、達哉の耳から離れる事なく、いつまでもこだましていた。

答より大事な事は、勇気を出して自分を試す事……か。でも、愛する人を泣かせてまで、夢を追いかけてもいいのか？……分かんねえよ……。俺の大バカ野郎！　大バカ野郎ついでた。行けるとこまで、突っ走ってやるぜ！

こうして達哉は、夢を求め出口のない迷宮へと迷い込んでいった。


傷心のまま、留奈が家に帰り着くと、一馬が心配をして電話をかけてきた。

「どうだった？　御園の奴、いたか？」

「……うん。いたよ。永井君の言った通り、エンゼルスのテストに参加してたよ」

「やっぱりな。で、様子はどうだった？」

一馬もやはり、達哉の事が気にかかっていたのだ。

「ん？……全然変わってなかったよ。達哉のままだった。……全く、いつまでたっても子供みたいなんだから……」

留奈は、努めて明るく振る舞った。

「そう言うなよ。俺も、社会に出てみて分かったんだけど……。御園は、少年の頃から俺達より早く、大人の汚い世界を覗いてしまったんだ。だから、余計に『自分は少年のままでいよう』と、思ったんだと思うな」

「……そうかもね。……達哉ね、二次テストも合格して、東京に行ったのよ」

『まさか……』一馬はそう思ったが、達哉が、「夢は見るものじゃなくて叶えるもの」と言っていた事を思い出した。それにしても……。

「でも、御園はヒジを……いや、何でもない」

一馬は、達哉との約束をあくまでも守り続けた。

自分の部屋に戻ると、留奈は真っ先に達哉からもらったウイニングボールが眼に入った。そして、留奈の手には大きすぎるボールを握り……『達哉はいつも、こんな大きなボールで勝負してたんだ』と、初めて思った。

ボールを見つめていると、達哉の哀しそうな笑顔が脳裏をよぎった。と、同時に達哉が、ちゃんとペンダントをしていた事も。

『そうだよね……達哉は、きっと留奈との約束を守ってくれるよね』

留奈は、達哉に教わったようにプラス思考にそう考えた。そして、言い忘れていた言葉をボールに向かって、語りかけた。

「達哉。二次テスト合格おめでとう。凄いね。エンゼルスに認められるなんて。達哉は留奈の中では、いつでもエースだよ」

留奈は、達哉が忘れ物を見つけさえすれば、きっと自分のところに帰ってきてくれると、希望も込めて信じ切って、ただ一途に待ち続ける決心をした。

しかし、そんな健気な思いが打ち砕かれる事になろうとは、今の留奈には知る由もなかった……。

数日後。突然、留奈の家の電話の音が鳴り響き、留奈は慌てて受話器を取った。

「あ……僕、織田と申しますが、留奈さんは……留奈ちゃん？　良かった！　御園、御園のやつ、留奈ちゃんのところに行かなかった？」

織田の焦った様子に、留奈は『ただ事じゃない』と察した。

「来ないけど。……織田君、達哉どうかしたの！」

織田の話によると、達哉がエンゼルスの入団テストに合格したと言うのだ。

その通り、達哉は正真正銘、エンゼルスのテストに合格したのだ。が、夢が叶ったはずの達哉はエンゼルス球団に「正式にドラフトで指名させてもらうよ」と言われたが、「ありがとうございます。でも、せっかくですけど……この話なかった事にしてください。僕は、プロでは通用しません。その言葉だけで、充分満足です」と、断っていたのだ。

「で、御園の家に電話してもつながらないらしくて、寮にエンゼルスから電話がかかってきたんだ」

「監督さんや、野球部の人達……、達哉の事、怒ってるでしょうね……」

「いや、それが逆なんだよ。監督と主将は、みんなに『御園は立派にエンゼルスのテストに合格したんだ。みんな、御園を誉めてやろうや！』って言ってくれて。……やっぱアイツは、不思議な魅力を持った男なんだな……」

その織田の言葉に、留奈の心は少し軽くなった。が、妙な胸騒ぎを覚えていた。達哉は、奇跡だと思われた事を実現させたのだ。とうの昔に壊れた左腕にもかかわらず……やはり達哉は、不可能を可能にする男だった。

そして、数日後。達哉の帰りをひたすら待ちわびている留奈の元に、一枚の葉書が届いた。その見覚えのある文字と、空色のペンで書いてある宛名を見て、留奈はすぐに『達哉からだ！』と分かり、慌てて手にとった。

『達哉、顔見せるのが照れくさくて……』留奈は、心を弾ませながら、その葉書を見た。

……が、そこには……。

『留奈。元気か？　俺は、元気でやってる。……俺は〝答より大事な事は、勇気を出して自分を試す事だ〃なんて言って、本当は答を見るのが恐かっただけなのかも知れない。しょせん、少年のままでいるのは無理なのかも知れない。言い忘れてたけど……十年も留奈と一緒にいれて、とても楽しかった。ありがとう。留奈。』

それは、留奈が照れ屋の達哉から聞く、初めての『ありがとう』だった。そんな達哉の『ありがとう』に、留奈の心はざわめいた。

「何よ……。これじゃあまるで、別れの言葉じゃない……」

留奈は、独り言を呟きながら、差出人も住所も書かれていない葉書を握りしめていた。

それから、留奈は、どうしても自分の耳で確かめたくなり、受話器を手にした。が、受話器の向こうからは冷たい声が聞こえるだけだった。

「お客様のおかけになった電話番号は、現在使われておりません――」

留奈は、その声にいてもたってもいられなくなり、通い慣れた達哉の家へと駆け出した。

だが、留奈を待っていたものは、留奈を失意のどん底に叩き落とすものだった。

『売家』

達哉の家の貼り紙に、留奈は倒れそうになるほどの衝撃を受けた。ひとけはなく、表札もなくなっている家の前に、留奈は立ち尽くした。その時、隣の家の人が通りかかった。

「すいません！　御園さんは……」

「あら、留奈ちゃんお久し振りね。御園さんね、御主人が事業に成功されたとかで家を新しく買って引っ越しされたのよ。……留奈ちゃんには達哉君が自分で連絡するからって言ってたって、御主人が言ってらしたけど……連絡なかったの？」

「はい。……御園さんは、どこに引っ越したんですか？　それと、達哉……君も一緒でしたか？」

「さあ、……行き先は聞いてないわ。急な事だったから……。そう言えば、達哉君の姿は見なかったわね。以前、奥さんに『東京に行った』とは、聞いてたけどね」

留奈は、その言葉に言いようのない寂しさと、絶望感を抱いていた。『もう、達哉に会えないかも知れない』と。

それから、留奈は何時間も呆然と街を彷徨《さまよ》い続けた。瞳の奥に、野球をしている達哉の凛々しい顔つきと、爽やかな笑顔と輝いていた瞳だけを映し出して。

ミーン。ミーン。ミーン。

突然、鳴き始めたセミの声に、留奈は我に返った。『まだ、セミが鳴いてるんだ……あれ？　ここ、どこだろう？』

留奈は、見知らぬ遠い街の堤防の上に立っていた。夏の終わりを告げるように、最後の一鳴きをするセミの音を聞きながら、留奈は冷静になっていった。『今頃、達哉は独りぼっちで寂しがってるんじゃあ……。そんな事ないよね。達哉は、迷路に入ってるだけだよね。いつか、きっと……』

その時、酷暑の終わりを告げる、優しい秋風が吹き抜けた。

「俺は、風みたいに自由に生きるのさ」

「留奈、綺麗な風だな」

優しい秋風は、秋と共に達哉の懐かしい言葉も、留奈に運んでくれた。

——ビューン。

もう一度、強い風が吹いた時、

「留奈……『明日は明日の風が吹く』だぜ」

「達哉？」

風に乗って、達哉の声が聞こえたような気がし、留奈は辺りを見回した。もちろん、達哉がここにいるはずはなかった。留奈は、涙を拭いながら、『現実から眼を背けない』と決意した。そして、水面に映る、秋の沈みゆく夕陽を見つめながら呟いた。

「達哉……。達哉はやっぱり風のように、どこかに飛んでいっちゃったね……」

数年後、この日もまた嫌になるほど暑い日で、セミが朝から鳴き続けていた。

「高校に来るのは久し振りだな。留奈」

「そうね。卒業以来だもんね。志水先生、元気かなあ」

学校は、今テスト休みらしく、クラブ活動だけが行なわれており、静かだった。

ガラガラ。

二人は、職員室の扉を開け、志水の姿を探した。

「志水先生っ」

志水は、少し老けたが前と同じで、ギョロッとした目をさらに大きく開きビックリしたような大げさな仕種をし、

「おお！　永井と大橋じゃないか！　久し振りだな。元気にやっとるか！」

と、相変わらずの大声でまくしたてた。留奈は、

「はい。元気です。先生もお元気そうで」

そう言って、すっかり大人になった表情で微笑んだ。

「いやあ、大橋。すっかり綺麗になったな。いくつになった？　二十二か。そうか。で、今日は何だ」

そこで、一馬はコホンと咳払いをし、堂々とした表情で、

「僕達、婚約するんです。一番最初に先生に伝えたくて」

「そうか！　おめでとう。いや、こんな綺麗な嫁さんもらうなんて永井は果報者だな。大橋ならきっと、いい嫁さんになるぞ。でも、先生はてっきり、大橋は御園と……」

そこまで言って『まずい』と言う顔をし、志水は必死に取り繕った。

「いや、しかし、永井も立派な男になったな。いやあ、良かった。良かった。ハハハ」

一馬は、昔のままの陽気な志水に、苦笑いを浮かべていた。

「で、御園はどうしてる。元気か？」

留奈は、一番聞かれたくない事を聞かれたが、顔には出さずに、

「さあ。もう、だいぶ会ってないし。何かタレントになるとか言ってたけど、何してるんだか……」

「タレント？　アイツは、教師になるとか言って、東京の大学に行ったはずだぞ。……何も言っとらんのか？　アイツは、大橋に心配ばかりかける奴だな。いくつになっても」

一馬と留奈は、顔を見合わせた。そして、一馬が、冗談半分に言った。

「御園が教師に？　どんな教師になるんだか……いやあ、不安だな」

「いやいや。なかなか立派な事、言っとったぞ」

「先生。……達哉は、口だけよ。……で、どんな事を？」

一馬が横にいるが、留奈は気になって仕方がなかった。

「そう……『尊敬なんかされなくてもいいから、生徒と友達のような先生になりたい』とか、『今の子は、何でも〃仲間と〃とか言ってグループ単位で行動したがるけど、仲間と仲間と、言ってたら一人で何もできない人間になってしまうと教えたい』とか言ってたな。いやあ、先生も教えられたよ。あの御園に。アイツは、やっぱり大きな人間だな」

『達哉がそんな事を……』一馬は、留奈の曇った顔を見逃さなかったが、敢えて何も言わなかった。

二人は、職員室を出ると、「屋上からの景色を久し振りに眺めよう」という事になり志水から鍵を借りた。一馬は、留奈の気分を変えてやりたかったのだ。

「見ろよ、留奈。懐かしい景色だな」

「ホント！　よく三人で、屋上に上がったよね」

「ああ。御園が鍵開けるの名人でな。アイツ、教師より泥棒の方が合ってたりして」

一馬は、留奈を気遣って何とか笑わせようとしていた。

「そうかも知れないね」

留奈も、そんな一馬に気を遣って、微笑んでみせた。

「御園、何してるのかな？　留奈から、アイツがプロテスト受けたって聞いた後、一回だけ葉書が来たよ。『元気でやってる』それだけ書いてあった。住所も何も書いてなかったけど。アイツらしいよ」

「私にも、同じ葉書来たよ……」

留奈は、それ以上何も言わなかった。

カキーン！

「外野いくぞー！」

元気な野球部員の声が聞こえてくる。

「楽しそうだな。御園の意志は残ってるよ。アイツの知らないところで。確かに……」

留奈は、泣き出しそうになるのを必死で抑えていた。あの中に、達哉がいるような気がして。いや、いて欲しかった。野球をやっていた達哉が、次々と脳裏に浮かぶ。決して逃げずに攻め続けたピッチング。なのに、敵チームにも見せる優しさ。そして『輝いていた瞳』と、次々と……。

その時、屋上のフェンスの下にある文字が、留奈の瞳に飛び込んだ。

『明日は明日の風が吹く・いつも明るくカッコ良く』

『達哉……』

「どうした、留奈。あ！　懐かしいな、これ。みんなで書いたんだよな。まだ残ってたのか！」

留奈の瞳からは、我慢し切れずに涙が溢れ出していた。止まる事なく。

「達哉……達哉のバカ！　何で……何で……」

「……そう言うなよ。アイツだって……」

「三年も会ってないのよ！　小学三年から十年も一緒だったのに……。いつも、一緒にいたのに。何で、留奈の前から消えるのよ。本当は、寂しがり屋なくせして……。たった一人でいなくなるなんて。形だけの未来ばっかり追いかけて……」

留奈は、子供のように泣きじゃくった。一馬は、そんな留奈の顔が昔に戻っているのを感じ取った。

「形ばかりじゃないよ。御園は、俺に『夢は見るもんじゃないぜ。実現させるものさ』って、言ってたよ。『誰のための夢だ?』って聞いたら『俺のため。次が留奈で、その次は高原監督かな』って、ハッキリ言ってた。留奈には、どうせ言ってないんだろうけど」

「聞いてないよ。そんなの。カッコばかりつけて……。素直じゃないんだから。泣きたい時は泣けばいいのに……。強がってばかりで。野球だって、やめたくないなら『やめたくない』って、言えば良かったのよ。だから、今頃未練があって……」

「留奈だって、素直じゃないだろ。そっくりだよ。お前達は……悔しいけど、留奈の心の中には、いつだって御園がいるんだよ。昔のままのな」

泣きはらした瞳で、留奈は一馬に向かって、

「私が好きだったのは、決して諦めなくて、夢を追いかける瞳だけよ。……いつまでも、大人になり切れない奴なんか……」

「でも、御園のそういうところが好きなんだろ? 留奈と御園は、どんな時も一緒だったもんな」

「じゃあ、どうして黙って消えたのよ! 『後悔なんて絶対しないぜ』とか言って、結局、後悔してるんじゃない!」

留奈は、一馬が見た事もないほど、鋭い目つきで睨んでいた。一馬は『決して言わない』と、誓っていた事を告げなくては『御園は、留奈に誤解されたままになる』と、沈黙を破った。

「御園は……野球に未練も後悔ももってないよ。ずっと俺達には、悪いと思ってたみたいだけどな。アイツは、御園は……、野球ができないほど、ヒジがボロボロだったんだ。近藤にやめさせられるのだけは、嫌がってたがな。留奈には『心配するから言うな』って、口止めされてたんだ」

「うそ……」

留奈は、頭をハンマーで叩かれたほどの衝撃を受けた。

「うそ……」

何度も、そう繰り返して。

そして『そういえば、野球部をやめる少し前から、達哉はカバンや箸を右手で持ってたな』と、思い起こしていた。

「水臭い奴……。そんな大事な事、黙ってるなんて……」

「それが、アイツのいいところだよ。留奈が一番よく知ってるだろ?」

「じゃあ、何でプロのテストを？　治ったのかな？　それとも、悔いが……」

「いや。絶対治ってないよ。医者にそう言われたし。御園は、夢を辿って迷ってしまったんじゃないかな。悔いは絶対ないさ。中一から高二までエースと言われて、プロも注目するほど、凄い投手になって。たったの五年弱だったけど、御園らしく全力で駆け抜けたんだよ。そう、アイツは――『駆け抜けたエース』だったんだ。短すぎる時間だったけど、アイツらしく全力で駆け抜けた。俺らにとって御園は、ずっと自慢で目標の『駆け抜けたエース』なんだよ」

「『駆け抜けたエース』……。留奈の心の中でも、いつもエースだったよね。色んな事を教えてくれて。自分の生き方を熱っぽく語って。本当は、みんな達哉の言う通り少年のままでいたいんだよね。『変わらないでいてね』って言った時『俺は、ずっと俺だよ』って、言ってくれたよね……」

「ナイス・ボール！　手がしびれるぜ」

「当たり前だろ。俺はエースだぜ」

聞こえてきた野球部員の声は、懐かしい達哉の声に聞こえた。その自信に溢れた口調。まるで、そこに達哉がいるようだった。

「達哉……」

また、留奈の眼の前が霞んだ。そんな留奈を見て、一馬は、潔い決断を下した。

「……婚約するの、やめよう」

「え？」

「俺は、留奈と御園の親友のままでいいよ。親友でいたいんだ」

「……ごめんね」

「いや。……そう言えば御園の奴、嫌な授業になると抜け出して、ここに来てたな。いつも留奈が連れ戻しに来てさあ」

一馬は、留奈に気を遣わせまいと、昔話をした。だが、一向に留奈の表情が晴れないので、思い切って問いかけた。

「留奈は、今でも御園が好きなんだろ？　そのペンダント肌身離さずつけてるのが、その証拠だぜ」

「……うん」

「それでいいんだよ。心配するな。御園は、いつかきっと夢をその手に掴んで帰ってくるよ。いつもの調子で『よお、留奈元気か』とか言ってな。俺は、御園には昔から何をやってもかなわないよ。どんな時でもストレート勝負でさあ。……自慢の親友さ」

だが、留奈には分かっていた。——『すぎ去った時間は戻らない』事が。

留奈の愛した『少年の瞳』をした、達哉はもうどこにもいない。そんな気がして。夏の太陽が眩しい空を見上げた。達哉が、大好きだった夏の空を。

ミーン！　ミーン！　ミーン！

夏の日の午後。セミの甲高い声が留奈の耳には、哀しく聞こえていた。


三年後。

この年の夏は夏の訪れが遅く、長い梅雨、はっきりしない天気が続き、気温も夏らしくなく涼しい日が続いていた。

「夏の地区大会・決勝。ＡＬ学園対鳳南高の試合は、大詰め九回裏を迎え、最高の盛り上がりを見せております！　一点リードされているＡＬの攻撃は、二死二・三塁。迎えるバッターは、今選抜で三本塁打した、強打者、四番の清田君です。鳳南高の投手、大堀君どうするか？　勝負か？　敬遠か？　しかし、歩かせても満塁の大ピンチです。どう出るか！　無名校を就任四カ月で決勝まで持ってきた、二十五歳の青年監督、御園達哉！」

そう。達哉は帰ってきていた。母校に……そして、野球に。指導者として。

「監督！　どうしますか？」

伝令専門の田村が、焦った表情で聞いてきた。しかし、達哉は迷っていた。勝負させたい気持ちが強かったが、悔いは残させたくないと。

その時だった。

ミーン、ミーン、ミーン！

まぎれもなく、それは、冷夏である今年の最初のセミの音だった。


「セミ……」

「は？」

「セミだよ。田村」

その時、達哉は忘れかけていた、……いや、忘れようとしていた過去を思い起こしていた。

初戦敗退したシニア最後の夏を。タンカの上での夏を。そして、野球部を去った、あの夏を。

『ちっ。また肝心なところでセミの声を聞いちまったぜ』心の中で、そう呟きながら、マウンド上のサウスポー、大堀と高校時代の自分をダブらせ、『これが、俺の運命なら仕方あるまい』と、腹をくくり、自分なら勝負にいった学生時代を思い出していた。

「田村！　大堀に伝えろ。思いっきり投げろと。結果はどうでもいい！　『答より大事な事は、勇気を出して自分を試す事だ』と」

「はい！」

「それと、結果はどうあれ、十年後には笑って話せるとな！」

達哉は、高校時代に、自分が欲しかった言葉をそのまま田村に伝えた。

田村の伝言を伝え聞いた大堀は、今までの蒼ざめた顔が、一瞬にして輝きベンチに向かって小さく頭を下げた。

達哉は、大堀に笑顔を見せ、大きく頷き内心ホッとしていた。

『やはり、アイツも勝負したかったんだ』

そして、達哉は、自分の信念が間違いでない事を確信していた。

学生野球において、エースの存在は大変大きなものである。

だから、本来エースは、自分の事よりチームの事を優先して考え、また監督もそれを望み、エースにはケガなどをして投げられない時は『投げられない』と言える勇気が必要である。また自分が『かなわない』と思った相手には、素直にそれを認め敬遠する方が、勇気がいり男らしい選択と言えるのだ。

だが、達哉は頭では分かっているのだが、主義は学生時代と全く変わっていなかった。学生野球だからこそ、正々堂々と真っ向から勝負するべきだと。逃げて勝つより、勝負して負ける方が男の美学だと。そして、何事においても勝負する事を忘れた人間は、『生きてるんじゃなくて、死んでいないだけだ』という事を『選手達に教えていこう』と、新たに決意していた。

「おっと。捕手が座りました！　勝負です！　高校球界屈指の強打者、清田にどう向かっていくか！　大きな賭です！」

――「第一球！……打った、大きい!!……が、ファールです」

『びっくりしたなあ。大堀の奴、勝負しろとは言ったが、ストレートをど真ん中に投げるとは……俺に、そっくりだな』

達哉は、心の中で微笑し、ベンチの最前列で腕組みをし、二球目を投じる大堀を見てい

た。……その時、突然として、
ミーン！　ミーン！　ミーン！

セミの声がさきほどよりもさらに甲高くなり、どんよりしていた空から『カーッ』と、夏の陽射しが照りつけてきた。

と、その瞬間……達哉は、不思議な感覚に見舞われていた。

さきほどまでのムシ暑さや緊張感がなくなり、周りがボーッと白く見えだし、ふとマウンドに眼をやると――そこには、信じられない光景があった。

マウンド上にいるのは、大堀ではなく、紛れもなく『御園達哉』自分自身だった。

達哉は、自分の目を疑い、目を凝らしてもう一度見た。しかし、同じユニホームで左腕とはいえ、体型も顔も全く違う自分と大堀を見間違うはずはなかった。

ロージンを置き、こちらを見たその顔は……間違いなく、高校時代の達哉自身だった。

マウンド上の達哉は、ベンチの達哉を見てニッコリ微笑み、第二球のモーションに入った。

セミの声も、スタンドの歓声も全く耳に入らず、マウンド上の自分以外何も見えない状態になり、達哉は、もう一人の自分だけを凝視していた。

『最後のマウンドだ。頑張れ！　俺』そう、心の中で呟きながら。ワーッ！

大歓声が起きた時、達哉は夢から醒めるように我に返った。

大堀が、清田を三球三振に取って、鳳南高が甲子園行きを決めたのだ。マウンド上で歓喜の輪ができ、大堀を中心に喜びを爆発させる選手達。

その輪の中から、高校時代の達哉が一人、監督・御園達哉の元に最高の笑顔を見せながら、歩み寄ってきた。高校時代の達哉は、

「決して、後悔なんてするなよ。自分の正しいと思った事をやり通せよ。俺は、野球人で良かったと思ってるぞ。俺はいつまでも俺だろ」

そう言って、達哉自身はフッと消えた。

その瞬間、達哉は、長年背中に背負ってきた重い十字架が取れ、そして、心のどこかで野球をやめた自分を責め続けていた気持ちや『やめさせられた』という、周りの大人に対する恨みに近い気持ちから解放され、一人の野球少年に戻っていた。

『そう。俺は、野球も夏も大好きなんだ。また、野球をやってるんだからいいじゃないか』

素直に、そう思えた。

「おい、俺。待ってくれよ。まだ、礼を言ってないぜ」

しかし、もう二度ともう一人の『俺』は、現れなかった。達哉自身が、本当の強い意志を持ったから……。

すでに歓喜の輪が解け、勝利インタビューに移ろうとしていた。

「御園監督。最後はよく、勝負に出ましたね」

「はい。高校野球ですから。ナインに、勝負する事によって、もっと大きな何かを掴んで欲しかったんです」

「でも、あと一人で甲子園だったんですよ。監督、清田君は、恐くなかったですか?」

その時、数メートル離れたところでインタビューを受けている大堀の声が、達哉の耳に入った。

「最後は、自分が投げてるんじゃないような気がしました。まるで、誰かに乗り移られたみたいな感じで……気づくと、三振に取っていたんです」

『……夢じゃなかったんだ』

眩しくなった空と太陽を仰ぎ見た。

『……夏だな』

「監督?」

「あ、はい。いや、恐かったですよ。もちろん、甲子園には行きたかったですけど……。でも、そのために逃げたり、相手の弱みをつくような野球はしたくないんです。甲子園ってところは、精一杯頑張った者に、神様がくれるプレゼントのようなものなんですよ。僕はそう思います」

その言葉を応援席で聞いていた一馬は、懐かしそうに――。

「御園の奴、全然変わってないな。少年の頃のままの瞳をしてるよ。羨ましいよな。社会に塗れて、大人の眼に変わってしまった俺には。御園は、ずっと夢を追い実現させ、これからも少年の瞳のままで……。多くの人が、少年の気持ちを大切にしたいが、社会に出ると無理なんだよな。それなのに、御園は……全く、ガキの頃から羨ましい奴だよ」

「投げてたの、達哉だったよね……」

「え?」

「ううん。何でもない。……そうね。達哉は、いつも言ってた通り全然変わらない大人になってるよね。カッコつけで生意気で。達哉は、ずっと私達の知ってる達哉のままでいて欲しいよね」

留奈の眼に映っていたのは、昔のままの達哉の姿だった。

『六年も、留奈に黙って消えて……達哉、おめでとう。やっぱり、夢を掴んだね』

達哉の胸元からは〝青い石のペンダント〟が、キラキラ輝いていた。そして、スタンドにいる留奈に気づいた達哉は、昔のままの笑顔で留奈に軽く手を上げた。留奈も、それに応え、満面の笑みで軽く手を振った。その左手の薬指には、〝青い石の指輪〟が光っていた。

「監督は、高校時代、好投手と評判だったのに、不幸にも部内のモメ事で退部されてしまったんで、同じサウスポーの大堀君に、監督の夢を託していたんでしょうね」

「いいえ。僕は、僕の勝手で野球をやめたんです。選手達に、自分の夢を押しつけたりはしません」

ミーン！　ミーン！　ミーン！　ミーン！

また、セミの大合唱が始まった。

こんな清々しい気分で、セミの声を聞いたのはいつ以来だろう……達哉にとって、いつも夏の終わりを告げていたセミの声は、野球人として初めて、心の中の夏を告げるセミの声だった。達哉は言った。

「……セミですね」

インタビュアーは達哉に問いかけた。

「本当ですね。今年は涼しかったのに、急に暑くなってきましたね。もう、予選大会も終わりなのに。もっと早く、夏らしくなって欲しかったですね、監督？」

「僕の夏は、……いえ、僕らの夏は、今始まったばかりですよ。……そう。今、始まったばかり――」

ミーン、ミーン、ミーン！

セミの大合唱は、達哉を祝福するかのように、いつまでもいつまでも鳴り響いていた。

この物語はフィクションです。実在の人物、団体等とは一切関係ありません。

本書は一九九八年、日本図書刊行会より刊行した『駆け抜けたエース』に加筆、修正したものです。

著者プロフィール
唐澤 隆志（からさわ たかし）
1月10日生まれ。
大阪府出身在住。
近畿大学法学部中退。

駆け抜けたエース

2007年5月15日　初版第1刷発行

著　者　唐澤 隆志
発行者　瓜谷 綱延
発行所　株式会社文芸社
〒160-0022　東京都新宿区新宿1－10－1
電話　03-5369-3060（編集）
03-5369-2299（販売）

印刷所　株式会社エーヴィスシステムズ

ISBN978-4-286-02819-4